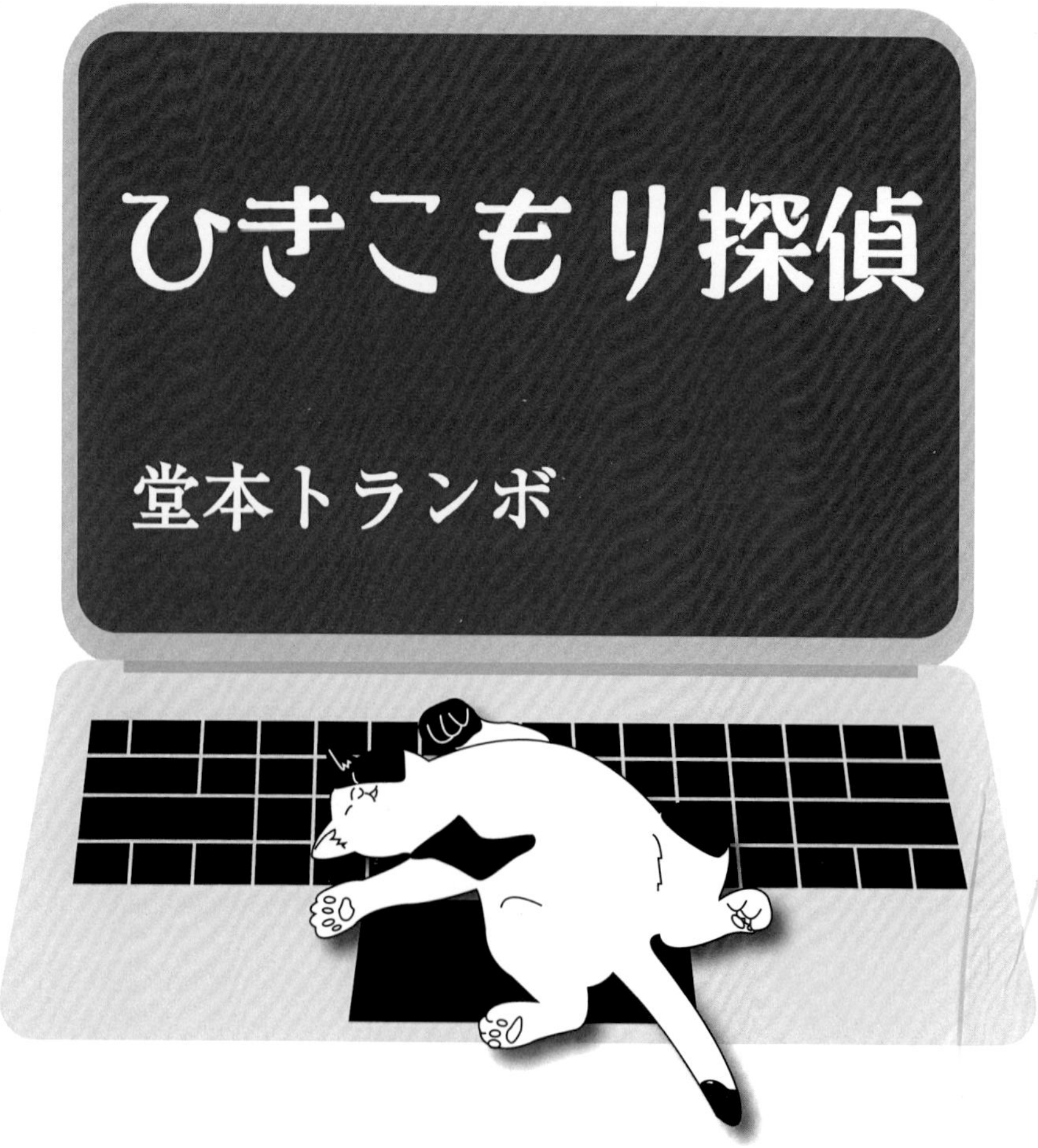
ひきこもり探偵
堂本トランボ

ひきこもり探偵

堂本トランボ

目次

第一章　ひとり娘の失踪

（一）

二〇一〇年十一月某日。

いつものルーティンが崩れると僕の心は乱れる。Starbucks のコーヒー豆を丁寧に挽き、少し大きめのカップを用意する。Starbucks じゃないと駄目なのだ。そう、それが僕のこだわり。ケトルで湯を沸かし、温度が八〇度まで下がるのを待つ。香りがしっかりと立つように、お湯をゆっくり回しかける。それを自室のソファに座って、時間をかけて楽しむ。幸せな時間だ。

これが朝目覚めてから一時間のルーティンなのだが、今日は一連の行為を実行できなかった。なぜならコーヒー豆を切らしていたから。昨日の夕方に買いに出かけるのを失念していた。

僕は、こんな些細なことで困惑し、心穏やかでいられなくなる。

僕の名前は八雲満。二十歳。神奈川県小田原市在住。独身。家族は母と二人。趣味は読書とネットサーフィン。愛読書は『リーダーのお作法』。運動神経ゼロ。ファッションセンスもゼロ。もてる要素がまるでなく、したがって彼女もいない。おまけに、ニートなのである。

県内にある某有名私立高校を卒業、学校の進路指導の教諭から大学進学を強く勧められるものの、どうしてもその気になれず、かといって働く勇気もなく、そのままニート生活に突入した。ニート歴はもうすぐ二年になる。こんな生活をいつまでも続けるわけにはいかないとは分かっているが、定型発達の人々がつくる世界にどう関わっていけばよいものか、ずっと思案し続けている。

社会に出ていく自信がない。そう、僕は自閉症だから。

診断がついたのは、僕が小学校に上がる少し前、五歳のときのこと。といっても僕は結局、小学校には通わなかったのだけれど。その話はまた今度。

僕はたいそう、手のかからない子どもだった。両親が仕事で忙しいときにお願いしていたベビーシッターからよく言われたそうだ。こんなに面倒のない二歳児ははじめてよ、と。とにかく動かない、しゃべらない。やらなきゃいけないのは、ときどきオムツを替えることくらい。多くの時間は放っておいて大丈夫。普通の子は、二歳ともなると使える言葉も増え、簡単な会話くらいならできる。そして、活発に動く。その行動は、大人たちの想像を悠々と超える。ところが僕ときたら、一語の単語も発することなく、ひたすらじっとしていた。そんな状況でも父母はあまり切迫感がなく、ちょっと発育が遅いくらいにしか考えていなかった。

幼稚園に通うことになっても状況は変わらず、いつも一人で絵を描いているような子どもだった。そのときの作品の一枚を、今も母は保管している。僕もそれを見せてもらったことがある。いろいろな色の乱れた楕円がいくつも折り重なっている。何を描いたものなのか、当の本人でもさっぱり分からない。

それまで鷹揚な態度を取り続けていた両親も、自分の息子が他の家の子どもと少し違っていることに気づき始めた。園からの勧めもあり、近所にある大学病院の小児科発達外来を訪ねたのが、小学校入学の約一年前のこと。検査の結果、ついた診断名は自閉症スペクトラム障害。俗にいうＡＳＤというやつだ。ＬＤ（学習障害）が併存しているかどうかは、その時点では判断できなかった。明らかに学力の遅れが見て取れたが、それが本来の障害によるものなのか、それともＡＳＤによって情報のインプット量が制限されてきた結果なのか、時間をおいてから調べましょうということになった。結局、ＬＤの検査は受けなかったが。

小学生になる前の僕の人生はだいたいこんな感じ。

実は、この頃の記憶はほとんど残っていない。あるのはイメージの断片ばかり。文脈をもって語れる話は一つもない。ここまでの話は全部、母や祖母から聞き取ったものを再構成しているだけ。記憶は蓄積されず、感情の動きもない。僕の人生の始まりは長い時間、無に止まっていたのだ。

山間を撫でる風の音。冬の到来を告げるように冷たい風が樹々を揺らす。

僕が住んでいるのは小田原市根府川。東海道本線の小さな駅を降り、山を少しだけ登ったところに家がある。近くに世界的なホテルチェーンが運営する高級リゾートホテルがあるものの、これといった観光スポットがあるわけではなく、人の往来は少ない。とても静かな場所だ。僕はこの土地をいたく気に入っている。何といっても駅のホームから見える景色が最高だ。視界いっぱいに広がる水平線。広陵たる海の景色が僕を魅了するのだ。

また風の音。

なぜ普段、注意を向けることのない風のささやきが気になるのか。僕は分析する。そう、僕にとって感情はあくまでも分析の対象なのだ。人のものでも、自分のものでも。

いつものルーティンを乱す予定がこの後に控えている。その予定のせいで緊張し、感覚が過敏になっていると僕は結論した。

今日、母の紹介で一人の訪問者を迎えることになっていた。約束の時間は十一時。お昼ご飯をいつも通りの十二時に食べられるだろうか。そんな心配をしてしまう。訪問者と僕は初対面ではないらしい。その人の記憶はないが、その人の娘のことなら、ほんの少しだけ覚えている。娘の名は渡瀬まさみ。いや、というらしいと言うべきか。僕は、その名を覚えてはおらず、昨日、母から聞き取っておいたのだ。近所に住んでいた彼女とは幼少の頃によく一緒にいたそうなのだが、先ほど述べたように子ども時代の僕の記憶は雲を掴むように漠としていて、思い出せる記憶はごくわずか。公園のような場所。西の空、沈みゆく夕日を二人は手をつないで眺めていた。彼女は泣いていたように思う。

静止画のような記憶。

時間の経過がいつもより長く感じる。大好きな本を開いていても、PCを立ち上げ、日課になっているニュースサイトをチェックしていても、心ここにあらずという感じ。僕は何かに心を囚われてしまうと、何も手につかなくなってしまうのだ。気を紛らわすなんてことは絶対にできない。

会話という行為によって僕の精神は著しく消耗する。脳のエネルギーを使い果たしてしまったときには、それ以上話す気力が湧かず、その場から逃げ出したくなる。慣れていない人と話すときには恐怖すら感じる。途中で燃料切れになってしまったらどうしよう、という不安と、人を不快な気持ちにさせたらどうしよう、という心配とで、余計に心が重くなる。

（二）

「みつるくん、立派な青年になったわね」

いやいやそれは正しくないでしょ。ニートの僕が立派であるはずがない。この人は僕がどんな生活をしているか知っているのだろうか。

第一章　ひとり娘の失踪

「最後に会ったのはいつかしら？」

まさみの母親のその声に、疲れが滲んでいるように感じた。

「まさみちゃんが小学校に上がった頃じゃない」と僕の母が答える。

これも昨日の晩に母から聞いたことだが、現在の渡瀬家は父母、まさみの三人家族で、その昔、この近所に住んでいたのだそうだ。母の「現在の」という一言が気になったが、追及することはしなかった。その一言の意味は、ずいぶん後になって知ることになる。

まさみちゃん、心配ね、と母、そうなのよ、とまさみの母親が肩を落とす。

突然、母が席を立った。

「私、仕事があるからこれで失礼するわね。詳しい話はみつるが聞くから」

えええ？　この人の話を僕が一人で聞くの？

とりあえずは笑顔。笑顔は人の緊張を解く、と『リーダーのお作法』に書いてあった。だから僕は、人と対峙するときには努めて笑顔をつくるようにしている。そんな様子に母は、自閉症のくせに外面がいい、と僕をからかう。

気づくと、母親がこちらをじっと見ていた。

「本当にまさみのこと、捜してくれるの？」

捜す？？？　僕が？？？

「あの〜、どういうことでしょう？」

「あなたのお母さんが言ったの、息子がまさみを見つけてくれるって」

聞けば、半月ほど前から行方が分からなくなっているという。

「えっと、僕が行方不明のまさみさんを見つけるということですか？」

母親がうなずく。

「あの〜、僕、ニートですけど」

「はい、お母さんから聞いて知っています」

「しかも自閉症ですよ」

「はい、昔からそれも知っています」

「人と話すのが苦手です。調査なんてできないと思いますけど」

「でもパソコンが得意だって」

パソコン？

僕は腕を組んだ。思案する。ＰＣか。確かにネットを使えば調べられることはそれなりにあるかもしれない。それにしても愛する母よ、あなたはどういうつもりなのですか？　息子を困らせて楽しんでいるのですか？

まさみの母親が小鹿のような瞳で僕の顔を覗き込んでいた。できることはあるかもしれないが、やっぱり面倒なことには関わりたくない。でも、断るための言葉が見つからない。とりあえず、場をしのぐために、話だけは聞くことにした。

「分かりました。何ができるか分かりませんが、とりあえず失踪までのことを聞かせてください」

と、ちょっとカッコつけて言ってみる。

ということでこの後、一時間ほど依頼者の話を聞き続けることになった。僕にとっては結構な苦行だ。なぜなら、僕の短期記憶回路は生まれたときからずっと破損したままだから。これが人と話すときの障壁になるのだ。相手が何について話しているのか分からなくなってしまい、会話が続けられなくなる。以下はまさみの母親が話し始めるのを制止し、ＰＣを取りに行き、記録したものである。


ひとり娘がいなくなった。

連絡が取れなくなったのはおよそ半月ほど前。まさみは都内の短大に通うため、世田谷区内でひとり暮らしをしている。いやしていた。母親がそこを訪ねると物件は解約されており、もぬけの殻だった。大学に連絡を取ってみると、二週間前に退学届が提出されていたことが判明。自身で事務局に提出しに来たという。

「あと半年で卒業なのに」

母親はうな垂れた。

まさみは、卒業後、新宿区に本社を構える商事会社で働くことになっていた。母親はその会社にも電話を入れた。人事部の採用担当者に渡瀬まさみの名を告げると声色が変わった。電話の相手は明らかに怒っていた。

「十月の内定式の際にちょっとしたトラブルがありまして。大変申し訳ありませんが、内定取り消しとさせていただきました」

詳しいことを聞かせてほしいとお願いしてみたが、ご本人に聞いてください、と取りつく島もなく、通話を切られてしまった。

混乱した母親は、夫に相談した。夫はまったく取り合ってくれなかった。夫が放った一言。

「まさみは大丈夫だ」

それだけだった。可愛いひとり娘の行方が知れないのに、なぜそんなに平然としていられるのか、まさみに一生会えなくてあなたは平気なのか、なんて薄情な父親なの、この人でなし、と思いつく限りの悪態をついてみたが、夫は腕を組んで黙っているばかりだった。

警察にも行った。一通りの話を聞いてもらい、捜索願を提出したものの、対応してくれた警察官の言葉は彼女の一縷《いちる》の望みを打ち砕いた。

「娘さんの場合、自ら住居の解約手続きをし、家具などの生活用品も一式、綺麗に運び出しています。大学の退学届も本人が提出に行ったということですから、失踪は本人の意思と考えるのが妥当です。事件性は感じられませんし、娘さんに身の危険はないでしょう。ご心配は分かりますが、警察は私的なことには立ち入れません」

絶望。

そんなとき現れた救世主がわが母だったのだ。

渡瀬夫妻は今、小田原の中心部に住んでいる。引っ越して十年以上が経つが、母と渡瀬家との交流は今も続いていた。母は打ちひしがれた旧友にこう言った。

「今はネットでいろいろなことが調べられる時代よ。うちの息子が役に立つかも。ネットオタクだから。自閉症だけど頭は悪くないから大丈夫よ」

一体、何が大丈夫なんだよ。

（三）

お昼ご飯がいつもより一時間遅くなった。まさみの母親を玄関で見送ると、急いで近所のコンビニに走った。

全力疾走。

失った一時間を取り戻したい。そんな心境だ。コンビニでペペロンチーノとペットボトルのお茶を買い、再び走る。家に着く頃には汗で背中がじっとりしていた。もう十一月だというのに。

食事を終え、早々にモバイルPCを立ち上げる。

あれ？　僕、この話、断るつもりじゃなかったっけ？　この辺が僕の駄目なところなのだ。意思が弱いというか何というか。なんとなく状況に流されてしまう。母親の話を聞いているうちに、いつの間にか調査方法を考えていた。

ネットを使って、人の居場所を調べる。

どんな方法で？

思いついたのはＳＮＳだった。

「私、そういうのよく分からなくて。えっと、短い文を書く……、なんでしたっけ？」

「Circle ですね」

「そんな名前だったかしらね。あと、写真を投稿する何とかっていうのを始めたって言ってたわ」

写真を公開するＳＮＳ──。なんだろう？　あとで調べよう。

まずは短文投稿サイト Circle からだ。

ログイン。

普段使うことはないが、アカウントは持っていた。早速、渡瀬まさみで検索。こちらはほぼ収穫なし。Circleは、実名でなくてもアカウントをつくれるため、漢字氏名で登録するケースは少ないのだ。わたせまさみ、でも、ワタセマサミ、でも結果は変わらなかった。続いてWatase Masamiで検索。こちらにはそれなりの件数がヒットした。一件一件、覗いていく。

《二歳の息子が外出先で大量うんち。ズボンも汚れて最悪》違う。

《これから婦人会の飲み会。レッツゴー！》これも違う。

《常磐線が人身事故でストップ。約束に間に合わないよー》これはどうだろう？　あれ？　二年前で更新が止まっている。このとき、まさみは小田原の実家に住んでいたはず。小田原在住で常磐線はないだろう。これもきっと違う。

Circle内を回遊しているうちに、時間の感覚がなくなっていった。

気づけば外が暗くなり始めていた。

思案する。この作業を続けていて、いいのかな？

一旦、調査を中断、二階にある自室を出て、一階に降りる。わが家は二階建ての一軒家だ。母の両親が住んでいた家を建て替えたものだ。建て替え当時はまだ祖母が存命だった。一階の和室を祖母が、二階の洋室二つを、僕と母がそれぞれ使っていた。二階にはもう一つ部屋がある。そこは交友関係の広い母がゲストルームとして使っていた。二世帯だったこともあり、水回りは一階、二階のそれぞれにある。現在、二階の水回りはゲスト専用で、僕ら親子は一階を使っている。

一階に降りると、母がキッチンに立っていた。

「晩ごはん、ナポリタンね」

しまった。被った。昼ごはんをペペロンチーノにしたことを激しく後悔。三色弁当にしておけばよかった、

外出の予定がなければ、母は料理をつくる。健康のことを考えて、可能な限り調理をした食事をしたいのだそうだ。料理をするのはあくまでも自分のため。あんたの分をつくるのはついでだから、と言う。

「で、まさみちゃんのこと、調べ始めたの?」と母。

「うん、始めた。SNSを見てる」と僕。

僕は母に対するとき、言葉の抑揚が消える。定型発達の人々は、感情のこもらないしゃべり方を不快に思い、ときに怒りを覚える。僕はときどき、母を怒らせてしまうことがある。仕方がない。これが自閉症というものなのだから。

定型発達の人がつくる社会は、僕らにとってとても窮屈な場所だ。表情をつくり、しゃべり方にも気をつけないといけない。僕は映画の名優たちから立ち振る舞いを学んでいる。お気に入り

の俳優は、随分と昔に亡くなったスティーブ・マックイーンという男優さん。同年代の人に話しても誰も知らないから、悲しい。彼の笑顔には無限のバリエーションがあった。ニヒルな笑み、クールな笑み、人を惹きつける茶目っ気のある笑み。彼の表情を真似ようと必死になっていた時期があった。

「あなた、何カッコつけてんの。似合わないわよ」

母のその一言で僕は、マックイーンになるのを止めた。母の言う通りだ。彼と僕とでは素材が違い過ぎる。

ナポリタンの皿が二つ、ダイニングテーブルの上に置かれた。更にシーザーサラダが盛られた皿が追加される。

「で？　今何をしてるの？」

「Circleを見てる」

「何か見つかりそうなの？」

「あまり期待できそうもない」

「あっ、そう。他に手がかりはないの？」

「写真を投稿するＳＮＳをやってるって言ってた」

「写真？　そんなのあるの？」

「聞いたことない」

「調べてみたら。あなた得意でしょ、調べるの」

親子の会話はこれで終了した。あとは黙々と食べる。

母は食べるのが早い。あっという間に皿は空っぽだ。ご馳走さま、と言って皿をキッチンに下げ、洗い物を始める。ここ数年、親子の会話は劇的に減った。大学に行ける学力があったのに、こんな怠惰な生活をしている息子を軽蔑しているに違いないのだ。ちなみに母はすこぶる勤勉だ。親不幸な息子でごめんよ。

「お皿、洗っといてよ」と母。

「うん」

消え入るような声で返事をした。

部屋に戻る。

写真を投稿できるＳＮＳか。調べてみるか。

Google の検索窓に『写真　投稿　ＳＮＳ』と入力してみた。検索結果をざっとスクロールする。ある経済紙のＷＥＢページが目に飛び込んできた。『ＳＮＳも写真投稿の時代』というタイトル。ページを開く。

『ケビン・シストロムとマイク・クリーガーによって創設された Instagram 社は十月六日、写真共有のためのソーシャル・ネットワーク・サービス Instagram をリリースした。App Store に登場した同サービスは、ハイペースでユーザーを集めている。同社の発表によれば百万人突破が目前とのこと。現状は英語版のみのため、英語圏のユーザーが中心ではあるが、将来的には多言語対応が予定されており、全世界で利用者が急増する可能性がある。ソーシャル・ネットワーク・サービスの普及は企業のマーケティングを大きく変えていくと識者は言う。すでに Circle や Facebook を使った企業のマーケティング活動が広がりを見せている。Instagram は更にその可能性を拡張するかもしれない』

うん、きっと、これだ。

（四）

ドンピシャだった。彼女は Masami Watase の名前で Instagram にアカウントを持っていた。日本人の利用はほとんどなかったので——まだ日本語対応できていないからね——、彼女の名前は大変目立っていた。彼女のアカウントには、結構な数の写真が投稿されていた。十月三十一日には、家具がすべて運び出され、空っぽになった１Kの部屋の様子が、Moving from

Setagaya.とのコメントとともに投稿されている。通学のために借りていた物件を退去した日のものだ。

しかも、その後も更新が続いているではないか！

とりあえず生存確認が完了。

最近の投稿を見る。

ほとんどが飲食店で撮影された料理の写真だ。昨日、投稿されたのは、ワゴンに載って運ばれてきた北京ダック一羽の写真だった。撮影場所は全聚徳銀座店。中国北京市に本店がある北京ダックの専門店だ。その他の写真も大半が都内で撮影されている。それも山手線の内側ばかりで、値段の張りそうなお店が多い。

写真をあれこれ眺めているうちに思った以上に時間が経過していた。時刻はすでに二十三時過ぎ。母に報告をしたかったが、もう寝ている。母の朝は早い。その分、就寝も早い。明朝、母に話し、この件は幕引きにしよう。

シャワーを浴び、歯を磨き、いつも通り十二時にベッドに入った。

いつものようには寝つけなかった。興奮している自分がいることに気づく。僕は自らの感情を客観視することに慣れていない。喜怒哀楽を大雑把に把握することはできても、それを細分化する言葉を持ち合わせていないのだ。この興奮が一体何によって引き起こされたものなのか、分析を試みたものの適切な回答を得ることができず、悶々と寝返りを打ち続けた。

翌朝、午前七時にスマートフォンの目覚ましが鳴る。ブラームスの「静かな夜に（In stiller Nacht）が、そのタイトル通り静かに流れ出す。

「こんな曲で目が覚めるの？　これ聞いてたら、また寝ちゃいそう」と母は突っ込む。僕にはこの程度がちょうどいいのだ。耳をつんざくようなスマートフォンの警告音は少々激し過ぎる。僕は、光と音に敏感なのだ。

いつものようにゴロゴロしていられない。かけ布団を両足で思い切り、蹴り飛ばすとベッドから勢いよく飛び出す。寝ぼけた頭で急に動き出したせいか、足元がふらついた。

ドン！

いたたたた。

ローテーブルに思い切り脛《すね》をぶつけた。いつもと違うことをするとろくなことにならない。脛をさすりながら階段を降りる。

母は広いリビングのこれまた大きなソファに腰かけ、メールチェックをしていた。もう仕事モードに入っている。

「報告したいことがあるんだけど」

母が、五本の指を大きく広げ、掌をこちらに向ける。制止を促す力強いポーズ。視線はＰＣの画面に向けたままだ。

「あと五分待って」

僕の身体はそのままフリーズした。五分あるなら、ちょっとトイレにでも行こうとか、歯でも磨こうとか、部屋に戻って着替えてこようとはならない。僕には柔軟性というものがない。ちょうど五分後――なんで分かるのかって。待ってる間、リビングのかけ時計をじっと見てたからね――、母はエンターキーをパチンと叩き、こちらに向き直った。

「で、何?」

僕は昨日の調査結果について一通り報告をした。

「で、あなたの意見は?」

「警察の事件性なしとの判断は至極真っ当だと思う。投稿された写真を眺めていても彼女が何らかの困難な状況にあるとは感じられなかった」

「そう、分かった」

母はそう言うと手元にあった付箋に何かを書き始めた。

「はい、これ」

付箋を受け取ると、そこには数字の羅列が書きなぐってあった。どうやら電話番号らしい。

「何これ?」

「電話番号」

「うん、見れば分かる」

「まさみちゃんのお母さんの携帯よ。今のこと話しなさい」

「僕が？」

「そうあなたが」

「なんで僕が？」

「だって調べたのあなたでしょ」

「だって話持ってきたの母さんでしょ」

「うるさい。つべこべ言わない」

僕は早々に白旗を上げた。母は強情な人だ。一度言ったことは絶対に撤回しない。とぼとぼと二階に上がる。部屋に戻ると握りしめた付箋に再び視線を落とす。

あゝ、気が重い。

僕は人を傷つけたくない。自閉症の人は相手の感情に配慮できず、不快な発言をしてしまうことがある。だから気をつけている。細心の注意を払い、人と話す。それでもうまくいかないことが多い。たぶん、これまでにたくさんの人を怒らせてきたと思う。そうなのだ、「思う」というところに大きな問題があるのだ。僕らは相手の感情をうまく掴むことができない。だから相手を怒らせているということに、そもそも気づかない。自閉症は定型発達の人々にとってとても厄介な存在なのだ。『リーダーのお作法』を常に手元に置いてあるのもそうした事情があってのことだ。同書には、他者と円滑にコミュニケーションをとる方法がたくさん書いてある。

　僕は人と接することにとても臆病になっているのだ。

（五）

「えっとー、もしもし」

「もしもし」

「えっとー、満です」

「みつるくん、早速連絡くれたの。今回は面倒なお願いをしちゃってごめんなさいね。それで何か分かったの？」

「はい、えーと、まさみさんは……、ちゃんと生きてます」

　手を叩いて大喜びするところを想像した僕は、まさみの母親の反応に困惑した。

「やだ、みつるくんたら。生きているに決まってるじゃない。あの子が死ぬわけないもの。それでどこにいるの?」

　僕はイレギュラーにめっぽう弱い。母親の予想外の反応と、まさみはどこにいるのか、という質問に頭が真っ白になった。

「えっとー、Instagramに写真がいっぱい投稿されていて……」

「インスタント何?」

「Instagramです」

「インスタトグラム?　それ、何かしら?」

　Instagramとは何か、そして、そこから何が分かったのか、しどろもどろになりながら、なんとか説明する。彼女の居場所は恐らく都内、しかも二十三区内と思われるということも伝えたが、まさみの母親は僕の報告に満足しなかった。彼女は、娘の正確な居場所を知りたいと言う。僕は人の依頼を上手に断る術を知らない。自分の気持ちに反し、もう少し調べてみます、と答えてしまった。

　困ったなあ。

　母に相談し、断ってもらうか。いや、きっと駄目に違いない。

　まさみの母親への電話で、僕は激しく消耗した。エネルギーを使い果たしてしまったようで、何もする気になれない。今日は水曜日。『ひきこもり通信』の更新日なのだが、原稿を書く気力が残っていない。時刻はすでに午後六時前。いつもなら四時から五時にかけて、新しい記事を投稿している。

今日はサボっちゃおっかな。

『ひきこもり通信』はニート生活に突入すると同時に開設したブログサイトだ。ひきこもりと言っても、完全に家に閉じこもっているわけではなく、近所のコンビニにお昼ご飯を買いに行くし、天気のいい日は散歩に出て、近所の人に挨拶だってする。僕の生活は基本的に単調ではあるのだが、それでもブログのネタくらいは探せば見つかるもので、例えば、たまたま見つけた野良猫の話とか、移り行く季節の話とか、近所の噂話とか。他愛のない話題ばかりだが、なぜか一万人超えのフォロワーがついている。たぶん。僕が自閉症であることをカミングアウトしているからだと思う。どうやら自閉症の人が書く文章には希少価値があるようだ。

つなぎっぱなしにしてあったOutlookが反応した。新着メールが届いたようだ。メールを開いてみる。

件名：どうかしましたか？
To：ひきこもり太郎 様

From：ネッ友

今日はまだ更新がないですね。

どうかしましたか？　心配しています。

ネッ友さんはサイト開設時からずっと僕をフォローしてくれている。いつしか個人的にやり取りをするようになった。実際に会ったことはない。本人の申告によれば、年齢は僕と同じ二十歳。男性。都内の大学に通っているそうだが、大学名は内緒。古いことをよく知っているので、相当なオタクではないかと踏んでいる。

すぐに返信する。

件名：Re：どうかしましたか？

To：ネッ友 さま

From：ひきこもり太郎

母親の知り合いから人捜しを頼まれました。

娘さんが失踪したそうです。

家族も警察も親身になってくれないらしく、困っている様子です。

その関係で昨日からバタバタしていて、少し疲れています。

更にメールが届く。

件名：Re:Re：どうかしましたか？
To：ひきこもり太郎 様
From：ネッ友
そうですか。
ひきこもり太郎さんの探求心に火がつきそうですね。
大変そうですが、頑張ってください。
楽しみにしていましたが、今日の更新は諦めることにします。

探求心に火がつく――。そうか、確かに。
僕がこの件で億劫に感じているのは、慣れない人との会話だけだ。ネットを使ってあれこれ調べる作業はむしろ楽しい。
真実に迫りたい。

僕のなかには常にそんな欲求が存在している。
壁一面に備えつけた本棚を眺める。びっしりと並んだ書籍の大半はノンフィクションだ。関心ごとが見つかると、関連の本を次々と買い漁る。二酸化炭素の放出による地球の温暖化、無謀な戦争へと至る日本の近現代史、出版業界の現状と再版制度、ＩＰＳ細胞と再生医療の未来。興味が向く分野には何の脈略もない。僕の関心は自由奔放だ。そんな僕がネットで人捜し。面白いかもしれない。

件名：Re:Re:Re: どうかしましたか？
To：ネッ友 さま
From：ひきこもり太郎
頑張ります。

短い言葉に覚悟を込めたつもり。

（六）

翌日、調査を再開。

二つの疑問。

彼女はなぜ失踪する必要があったのか？

彼女はどこにいるのか？

再びInstagramを眺める。何か手がかりになりそうな投稿はないか。

目についたのは機内食と思われる写真と、それに続く外国の街並みを写した写真だった。渡航先で撮影されたと思われる料理の写真も多数投稿されている。日付はいずれも十月下旬だ。

ここはどこだろう？

もう一度、機内食の写真に戻る。

海老とサーモンのお寿司にかっぱ巻き、焼きそばと肉料理——写真だけでは何肉かよくわからない——、パンにデザートのケーキ、菓子。寿司とパン、寿司と焼きそば。この珍妙な取り合わせは明らかに日本人のセンスではない。外国人が頑張って和を演出してみましたって感じだね。

画像を少しだけ拡大してみる。菓子の袋にはTobleroneとの文字が印刷されていた。

Toblerone――検索。

トブラローネ。スイスのチョコレート菓子。

スイスか。この機内食の写真には東側諸国の臭いがする。自国では調達できない良質な菓子を西側諸国からは輸入できない。だから中立国スイスから調達する。

そこで僕は別の写真に注目した。それは日本を代表するアパレル、ユニクロの店舗写真だった。日付は機内食が投稿された二日後。Wow,UNIQLO. とのコメントが記されていた。こんなところにもユニクロが、といったニュアンスだろう。きっと渡航先で予期せず発見したニッポンブランドに感激しての投稿だ。

早速、ユニクロのサイトに飛ぶ。海外店舗を紹介するページがあった。

スクロール。

あった、東側諸国唯一の店舗が。

ロシア。店舗の所在地はモスクワだ。

更にIR情報のページに遷移する。「ロシア一号店『ユニクロ アトリウム店』四月二日オープン」という記事が見つかった。ユニクロは半年前、モスクワで集客力、知名度トップランクのショッピングセンター『アトリウム』に一号店を開店させていた。

ユニクロ　アトリウム店　画像――検索。

無数の画像が表示される。「ユニクロ　アトリウム店」と思われる画像がいくつも見つかる。まさみが撮ったものと同じだ。

ガッツポーズ。

二つの疑問への回答は見つかっていないが、調査が前進した手応えがあった。掴んだ糸口を手繰り寄せることで真相に近づいていくという確信を持った。と同時に次の疑問が湧く。

何しに行ったんだろう？　ロシアなんて、若い女性が興味を持つ国じゃない。

誰と行ったんだろう？　まさか一人で行ったわけじゃないだろう。

僕はもう少し、渡瀬まさみのことを知らないといけないようだ。

早々、Outlook を立ち上げる。

件名：渡瀬まさみさんについて
To：母
From：みつる
表題の件でいくつか質問があります。
まさみさんは英語が堪能ですか？　ロシア語はどうですか？
まさみさんはこれまで外国に行ったことがありますか？（知っている範囲で結構）

まさみさんは共産主義者ですか？　家族はどうですか？（知っている範囲で結構）

すぐに返事が来た。

件名：Re：渡瀬まさみさんについて
To：みつる
From：母
まさみちゃんは英語、ペラペラよ。
高校生のときに学校の交換留学制度でオーストラリアに一年間留学しています。
ロシア語のことは分かりません。
家族でハワイに行ったって話は聞いたことがありますが、それ以外は不明。
渡瀬家の主義主張は分かりません。（興味もありません）
ところで、あなた、何調べてるの？

件名：Re:Re：渡瀬まさみさんについて
To：みつる

From：母
>ところで、あなた何調べてるの？
詳しくはまた。


僕は、Outlookの接続を切った。

そうか、まさみは英語ができるのか。

グーーー。

ビックリするほど大きな音でお腹が鳴った。時計を見ると二時半。いつもならきっかり十二時にお昼ご飯を食べてる。そりゃ、お腹も空くわけだ。時計を見たことで空腹が加速する。とりあえず何か食べよう。パソコンデスクの上に無造作に転がっていた財布と家の鍵をひったくると急いで玄関に向かう。

外に出る。寒い！

上着を持ってくるのを忘れていた。しかも格好はスウェットの上下、起きたまま着替えていなかった。今日はルーティンが滅茶苦茶だ。着替えに戻るか？　まあいいか、このままで。どうせ行くのは近所のコンビニだし。

走り出す。全力疾走。頬にあたる空気が冷たい。寒いのは嫌いだが、不思議なことに不快感はない。風を切って走る。身体が冷たい空気と一体になって、このまま空に舞い上がってしまいそうだ。

（七）

いくら英語ができるからって、ロシアに旅行しようと思うだろうか。そもそもロシアって英語、通じるのかな？　Instagram の写真を睨みながら腕を組む。街並みの写真は市井の人々が暮らす場所で撮られたものであって、観光地のものではない。一体何をしにロシアに？　どのような仮説が立つだろうか。メモ帳を立ち上げ、思いつくままにキーを叩く。

（一）ロシアに住む知り合い（例えば彼氏？）に会いに行った
（二）ロシアの街に興味があった
（三）知り合いの渡航についていっただけ
（四）ただ何となく（あまり人が行かない場所に行ってみたかった）

（二）（四）の線はなさそうだ。（一）か（三）あたりが怪しい。

再びOutlookを立ち上げる。

件名：Re:Re:Re: 渡瀬まさみさんについて

To：母

From：みつる

まさみさんのお母さんに次のことを聞いてくれない？

まさみさんは、

・ロシアに行ったことはあるか？

・ロシアに知り合いがいるか？

・ロシア人の知り合いはいるか？

母の返信はいつも早い。電光石火のごとく。

件名：Re:Re:Re:Re: 渡瀬まさみさんについて

To：みつる

From：母
自分で聞きなさい！

あ、、何と無慈悲なお言葉。抗議をしても無駄なので、頑張る、とだけ返信した。

買ったばかりの iPhone3GS を手に取る。そうだ——。

Instagram にはユーザー同士でメッセージ交換ができる機能があるようだ。母親が Instagram のアカウントを設定すれば、まさみと連絡を取り合うことができるじゃないか。母子が直接コミュニケーションをとってくれれば、僕がこんな苦労をする必要などないのだ。

母親がＰＣを使える人であってほしい。携帯がスマートフォンであればベストだけどね。

iPhone の履歴から母親の番号を捜し、リダイヤル。

母親はすぐに出た。

「もしもし、みつるくん」

「はい、満です」

「ちょっと待ってね」

電話の向こうはざわざわしている。どこにいるのだろう？

「ごめんね」

少し息が上がっている。

「晩ごはんの買い出しにスーパーにいるの。売り場にいたから、人気のない場所に移動してきたわ」

そうか。時刻は午後五時。市井の人々の生活とはこういうものなのか。と同時にそんなときに電話してしまい、申し訳ないという気持ちになった。

「えーと、いくつか聞きたいことがあるんですけど……いいですか？」

僕はInstagramの投稿写真から、まさみがロシアに渡航している事実を掴んだと伝えた上で先に立てた仮説を確かめるべく、用意していた質問をぶつけた。

「えっとー、彼女はこれまでにモスクワを訪れたことがありますか？」

「ないわね」

「えっとー、彼女がモスクワを訪れた目的に心当たりはありますか？　観光とか、知り合いがいるとか」

「モスクワねー。それ本当なのかしら？　あの子、音楽が好きだからウィーンには行ってみたいってよく言ってたけど、モスクワなんて名前は一度も聞いたことがないわねえ。正直、目的は見当もつかないわ」

「えっとー、ロシア人の知り合いがいるとか？」

「留学してたから、オーストラリア人の友だちは結構いるけど、ロシア人の知り合いはいないと思う」

「ありがとうございました。よく分かりました」

「えっ？　こんな答えで役に立ったのかしら？」

「はい、役に立ちました。仮説の選択肢が一つ消えましたから」

「はあー」

「ではまた。失礼しまーす」

　僕は親しくない相手との会話を終えるといつも不安になる。相手に不快な思いをさせなかったか。相手を怒らせてしまったのではないか。特に電話は難しい。

　先ほど、メモ帳に入力した記録をもう一度眺める。

（一）ロシアに住む知り合い（例えば彼氏？）に会いに行った
（二）ロシアの街に興味があった
（三）知り合いの渡航についていっただけ
（四）ただ何となく（あまり人が行かない場所に行ってみたかった）

（二）と（四）の選択肢は端から捨てていた。今の母親の言葉を是とするならば。（一）の選択肢もない。黙っていなくなってしまうような娘だ。そんな親子関係のなかで、親がどれだけ子どもの交友関係を把握しているか、甚だ疑問ではあるが、他に考えるヒントはないので、ここは割り切ることにした。（一）も一旦、捨てる。

残る可能性は一つ。

『（三）知り合いの渡航についていっただけ』

ここで失敗に気づく。母親にInstagramのアカウント設定を案内するのを忘れていた。やっぱり僕は駄目だ。同時にいくつものことを覚えていられない。

自己嫌悪。

（八）

いつも通り、ブラームスの音色とともに朝七時に起床。逸《はや》る気持ちはあったが、起床の時間は変えなかった。昨日の反省に立って、いつものルーティンを崩さない方がよいと考えたのだ。起床と就寝、食事の時間、それらを厳格に守ることが心の安定に繋がるのだ。僕は、変化に滅法弱いのだから。

しっかり焼いた厚切りトーストをかじる。パリパリと焦げ目が砕ける音に僕は喜びを感じる。バターを塗っただけのシンプルなトースト。パン本来の甘味が口のなかに広がる。日常のなかにあるこんな小さな幸せこそが人生を豊かにするのだ。

ダイニングテーブルの正面に座っている母が観察するように僕を見ている。

「何？」

母はにっこり笑って「別に」と答え、再び食後のコーヒーを飲み始めた。

笑顔。イコール、喜び、楽しみ、嬉しさ、愛情、希望。僕は『笑顔』というプレートのついた引き出しから、さまざまな言葉を取り出す。どれだろう？　残念ながらこれといった答えは見つからなかった。

部屋に戻り、調査を再開した。

すでにやることは決めていた。

ダークウェブで航空会社の搭乗者名簿を手に入れるのだ。

その存在を知ったのは数年前。各国に存在していて、あらゆるものが手に入る。銃器や偽造パスポート、薬物等々。臓器を売っているサイトまである。法整備が整っていない国からは多くの個人情報も流出している。航空会社の搭乗者名簿を手に入れるなど朝飯前だ。

Instagramで渡航日は判っている。あとは航空会社だ。

「機内食の写真がヒントだな」と独り言。

ちなみに僕は独り言が多い。

出発地は?

これは東京と考えていいだろう。

東京―モスクワ間を飛ぶ航空会社を検索する。経由便を含めると無数にある。まずは日本の航空会社から。いやちょっと待て。もう一度、機内食の写真を確認。この写真を発見したときの印象を思い出した。外国人が頑張って和を演出してみましたという感じ。出国便に乗るロシア人にとって、この機内食が故国に帰る最後の食事になるのだ。旅行なのか、ビジネスなのかは判らないが、最後に日本食を楽しんでくださいね、そんな意図を感じた。そして、もう一つの仮説。チョコレート菓子を中立国スイスから調達している事実。この飛行機は東側諸国のエアラインではないか?

日本の航空会社は外そう。効率よく調べなきゃ。

まずはモスクワへの便を就航しているロシアの会社に限定してみることにした。

モスクワ便　ロシア　エアライン――検索。

ヒットしたのは、アエロフロート(直行便)、エアブリッジカーゴ(韓国仁川経由)の二社だけ。

しかもエアブリッジカーゴは、その名の通り貨物便だ。

アエロフロートのウェブサイトに飛ぶ。

機内食――サイト内検索
あった！

モスクワ便のメニューが載っていた。

『海老の押し寿司、サーモンの刺身、かっぱ巻き、ミニトマト、サラダ、牛肉（オニオンソース添え）、焼きそば、パン、有塩バター、カスタードケーキ、チョコレート菓子』

ビンゴだ！

まさみが乗ったのはアエロフロートに間違いない！

調査開始時に挙げた二つの疑問を思い出す。

彼女はなぜ失踪する必要があったのか？

彼女はどこにいるのか？

答えにはまだまだ遠い。

考える。彼女は姿をくらますにあたり、自らで住居を解約し、学校に退学届を提出している。

警察が指摘するように、この失踪に犯罪の匂いは感じられない。だとすれば、これは単なる引っ越しか？　転居先を母親に告げられない何らかの理由があったのか？　親子関係はうまくいっていたのか？　そもそも彼女はどんな人なのか？　さまざまな疑問がぐるぐると頭のなかを巡る。どれくらい考え込んでいたのだろうか。すでに時刻は十一時半を回っていた。

ここで一旦、休憩としよう。


上着を羽織り、近所のコンビニに走る。

今日も全力疾走。

少し寒いが、澄んだ空気が清々しい。

ジャスミン茶と昨日、買うかどうか迷った三色弁当を購入、急いで家に戻る。帰りもやっぱり全力疾走。

午後はいよいよ、ダークウェブだ。

ダークウェブは一般的なネットワークに存在しておらず、したがって通常の検索行動で行きつくことはできない。アクセスには専用のソフトウェアと特別な設定が必要なのだ。ダークウェブは一部で有益な利用がなされてはいるものの、その大半は有害で、利用者の多くは犯罪者、テロリストたちなのだ。なんで、そんなに詳しいのかって？　無性に気になって覗きにいったことがあるからね。もちろん、僕は悪いことなんてしていません。

違法なものが公然と取り引きされているブラックマーケットのなかに潜る。光の届かない深い海の底を潜航するように。深海魚になった気分。

大半のサイトは英語でできている。ちなみに僕、英語は結構いける口。聞くのと話すのはからっきしだけど、読むのと書くのはバッチリ。サイトの造りは、無味乾燥。目的のものを探し当てるには少々骨が折れる。二時間ほどかかって、アエロフロートの搭乗者名簿を発見した。

暗号資産で支払いを済ませ、ダウンロード。サーバーが脆弱なのか時間がかかる。じりじりと待つ。

完了！

ガッツポーズ。

早速、ファイルを開く。四百名近い個人名が表示された。大半はロシア人のようだ。ちらほらと日本人の名前がある。ファーストクラスに該当者はなし。ビジネスクラスも同様。続けてエコノミークラスへ。字が小さいので目が疲れる。乾燥で目がシパシパしてきた。何度も瞬きをし、リストに噛りつく。

あった！

『MASAMI WATASE』

更に彼女の一つ上には男性と思われる名前があった。

『TATSUKICHI KUROSAWA』

二人の座席は36Aと36B、並び席だ。まさみはきっと、この男とロシアに渡ったのだ。

（九）

翌朝、コーヒーから静かに立ち昇る湯気を眺めながら、寝起きのぼんやりとした頭で考える。クロサワタツキチ——どんな男なのだろう？　漢字で書くと黒澤達吉、辰吉、竜吉、龍吉？

今日の方針を組み立てる。まずはＳＮＳの検索から始める。実名登録が基本のFacebookにアカウントが見つかると嬉しい。多くの情報が取得できるはずだから。もしネット検索で何も見つからなかったら……。そのときは、そこまでだ。ネットでの調査以外に僕ができることはないのだから。

朝食を摂るため、一階に降りると母が声をかけてきた。

「まさみちゃんのお母さんから電話があったわよ。調査はどうかって。ロシアのこと聞いて不安になってるみたいね。話を聞きたがってたから、電話してあげなさい」

「もう少し調べたら連絡するよ」

僕は抑揚のない口調でそう答えた。

厚かましい人だ。僕は探偵業をやっているわけではない。善意で調べてあげているだけじゃないか。あれこれ要求しないでほしい。

二階に上がり、本日の調査を開始する。

まずはFacebookを開き、検索。漢字、カナ、英字といくつかのパターンを試すが、これといった収穫はなし。続いて通常のネット検索。『クロサワタツキチ』の検索には若干のサイトがヒットした。

「へー、黒澤辰吉さんって税理士さんがいるのね」

もしかしたらこの人だろうか？　黒澤税理士事務所の所在位置は？

事務所のウェブサイトに遷移する。古めかしいデザインのページが表示された。下方にスクロールすると黒澤辰吉氏の顔写真が掲載されていた。

「おじいちゃんだね」と独り言。いい人そうだ。

事務所の住所は鹿児島県鹿児島市。

このおじいちゃんが、二十歳の女の子を連れて毎夜、銀座や六本木で食事。更には二人で仲睦まじくモスクワ旅行。お年寄りに偏見を持つわけではないけれど、そりゃないだろう。いやいや待て。そんなに簡単にこの情報を切り捨てていいのだろうか。例えば黒澤辰吉氏は、渡瀬家の親類だったりして。だとしたら東京にいることをどう説明する？　それに親戚だったら、母親が事情を何も知らないというのも変な話だ。

やはり黒澤辰吉氏は選択肢から外してよさそうだ。

再び検索結果の画面に戻る。これといった情報が見つからないまま、三ページまで進む。

おっ、これは？

『@TATSUKICHI2002

貿易会社を経営してまーす。独身。趣味は旅行とサッカー観戦。ヨロシク』

Circleのアカウントだ。ちょっと覗いてみることにしよう。

ログイン。@TATSUKICHI2002のフィードへ。

経営者とのことだが、仕事上の書き込みはほぼない。愛車のこと——ミニクーパーのコンバーチブルタイプに乗っているらしい——、愛犬のこと、友人との飲み会のことなど、プライベートに関するものが大半。投稿の頻度もそれほど多くない。僕にとっては退屈な内容ばかりだ。ページから離脱しようかと思った矢先、ある投稿に目が釘づけになった。

サッカースタジアムを写した画像とともに次の書き込みがなされていた。

〈ルジニキ・スタジアムなう。シーズン終盤。CSKAモスクワ優勝なるか！　本田に期待。〉

モスクワ！

投稿の日付もまさみがロシアに渡航していた期間と一致している。僕は興奮した。

鼓動が早まる、心臓が口から飛び出してくるのではないかと心配になるほどに。

画像を凝視する。キックオフ前の様子だろう。選手たちがフィールドでウォーミングアップをしている。客席はすでに八割ほどが埋まっており、続々と観客が入ってきている。

ルジニキ・スタジアム――検索。

モスクワ市内にあるサッカー用のスタジアム。CSKAモスクワのホームスタジアム。同チームには、日本人選手本田圭佑が所属しているらしい。僕はサッカーには興味がないので、そんなことはまったく知らなかった。

あれ、そういえば……。

まさみのInstagramに飛ぶ。

あった！

スタジアムの写真が投稿されていた。構図はクロサワ氏のものと異なるが同じ場所のようだ。

投稿の日付も一緒。次のようなコメントが付記されていた。

Wider than National Stadium in Japan.（日本の国立競技場より広い。）

再びスタジアムの検索結果へ。『座席数八万人、十万人収容可能』確かに国立競技場より広い。

まさみはクロサワタツキチなる男性――たぶん男性――とモスクワに渡り、サッカーを観戦していた。

その後、Circle の投稿をくまなく調べ、クロサワタツキチ氏について、以下のような事実を掴んだ。

年齢は三十二歳。誕生日は八月。独身。出身は千葉県松戸市。実家には両親と弟が住んでいる。自宅は六本木ヒルズ。貿易会社を経営している。社名は不明。事業は中古自動車の輸出。主な輸出先はロシア。その関係からか年数回、モスクワを訪れている。起業したのは五年前。その前の経歴は不明。愛犬はプードル、名はあきら。(黒澤明にあやかった？　雌なのにね。ジェンダーフリーの時代なのでよしとしよう)　趣味はサッカー観戦で、贔屓のチームは鹿島アントラーズ。(なんで？　普通地元のチームを応援するものなのでは？)　チームのアウェイ戦にあわせて日本各地を旅して回っている。とこんなところ。

湯水のごとくお金を使って遊んでいるのが分かる。六本木に居を構えるのだって相当な収入が必要なはずだ。クロサワ氏の会社はそんなに儲かっているのだろうか。それとも資産家？　投稿のトーンは総じて軽く、軽薄な印象を受ける。

ＰＣの画面から視線を外す。

まさみの行動範囲から考え——Instagramに投稿されている写真の多くは六本木や赤坂、銀座などで撮影されている——、六本木の男性宅に同居していると見てよさそうだ。

まさみとこの男性との関係は？　友人？　親類？　男女の仲？

まさみとの唯一の思い出が蘇る。

公園のような場所で沈みゆく太陽を、二人手を取り合って見つめている。彼女は泣いていた。彼女の涙。その理由は何だったのだろう？

（十）

空気が澄み渡り、水平線がくっきりと見える。気持ちのいい朝だ。上り新幹線の轟音が耳に響く。東海道新幹線のトンネル出口の少し上、線路を俯瞰できる道を東に向かって歩く。向かうはこの先にある岩泉寺。僕はよくそこを訪れる。境内をゆっくりと歩いた後、必ず立ち寄る場所があるのだ。

供養塔。

境内に敷設されている。僕はそこで、失われた命を想い合掌する。

一九二三年九月一日に発生した関東大震災は、関東一円で十万人以上の死者、行方不明者を出した。死者の多くは地震の後に発生した火災によるものだった。ここ小田原でも多くの命が失われている。その原因は火災ではなく、土砂災害だった。市内を流れる白糸川で発生した山津波が根府川沿いの集落を呑み込んだのだ。死者数は約三百人。その多くは女性や子ども、老人であった。

僕が、はじめてこの供養塔のことを知ったのは中学生の頃。話を聞いた僕は泣いた。止まらぬ涙はやがて嗚咽に変わった。話を聞かせてくれたのは、わが師、立花優子先生だ。優子先生は泣き止まない僕の手を握り、「今のその気持ちを忘れないように」と言った。優子先生の教えを守るため、僕はこの場所をときおり訪れるのだ。

僕は、手をあわせながら、ここまでの調査結果を振り返った。

家に帰るとすぐに、ＰＣを立ち上げ、メモ帳を開いた。

事実関係を整理。

〈判明したこと〉

・渡瀬まさみは Instagram のアカウントを持っており、更新を続けている

・六本木にあるクロサワタツキチなる男性の自宅に同居していると思われる

・十月下旬、クロサワ氏とモスクワに渡航している
・モスクワ市内にあるルジニキ・スタジアムでサッカーを観戦
・クロサワ氏が経営する会社はロシアに中古車を輸出している

メモをしばし眺める。

まさみの母親からの依頼は、娘を捜してほしい、ということだった。六本木ヒルズに住んでいることまで分かった、Instagram のアカウントを設定しさえすれば、ダイレクトメッセージ機能で直接連絡をとることができる。すでに依頼には十分応えていると思う。だが、しかし……気になる。クロサワタツキチという人物のことが気になるのだ。

会社の経営者であるという事実と Circle の書き込みから感じられる落ち着きのなさ、どこか浮ついた言動とがどうしても結びつかない。

「もう少し調べてみよっかな」

まずは社名からだ。

中古車　輸出　会社——検索。

無数の会社がヒットした。

「こんなにあるんだ」

上から順に開いていく。

最初に開いた会社は、従業員千名超えのそこそこ大きな会社で、中古車の輸出先は三十か国。代表挨拶のページを開くと、クロサワタツキチとはまったくの別人だった。次の会社。所在地は北海道。これも違う。次……。一時間ほど、こんな作業を繰り返したが、得るものは何もなかった。

ちょっと効率が悪いな。

Circleの投稿に何かヒントはないか。

東京タワーの写真に目が止まった。ごく最近の投稿だ。クリスマス用のイルミネーションが始まっていて、東京タワー上層部が白く輝いている。

「これって？」

六本木ヒルズ　画像——検索。

丸みを帯びたビル——六本木ヒルズの中心である高層オフィスビル、六本木ヒルズ森タワー——の画像が無数に表示された。

「やっぱり」

クロサワタツキチが投稿した写真には。東京タワーの背後にうっすらと森タワーが写っていたのだ。しかも写真は、明らかに室内から撮影されたものだ。

何度もこの写真を見ていたが、重要なものだとは思わなかった。家から撮影したものだろうと思っていたが、違った。彼の自宅は六本木だ。ならばこの撮影場所は？　もしかしたら会社から撮ったものである可能性はないか？　東京タワーを挟んで、六本木と反対の場所は？

Google Mapで東京の中心部を表示する。

港区浜松町辺りか。

中古自動車　輸出　会社　浜松町――検索。

該当する会社はどうやら三社だけだ。

早速、各社のウェブサイトを確認。まずは一社目。トップページから会社情報のページへ。代表取締役の名前は？　違う。次、二社目。これも違う。そして、三社目。

代表取締役社長の名前は……

黒沢龍吉――

見つけた！

社名は、株式会社ユーズドワン。所在地は東京都港区芝二丁目。設立は五年前。従業員数二十名。資本金一千万円。

更に株式会社ユーズドワンを検索。

会社のウェブサイト以外にこれといった情報はなかった。

再び会社のトップページに戻る。上部のナビゲーションバーには、事業・会社情報・採用・新着ニュースの四項目が並んでいる。順にページを開く。まずは事業のページから。世界の市場において、日本の中古自動車はその品質の高さから高い評価を受けているおり、ユーズドワンもその期待に応えるべく、不断の努力を続けているといったことが書かれている。次、会社情報は先ほど確認済みなので飛ばして、採用のページへ。現在、営業職員若干名を募集しているらしい。最後に新着ニュースのページ。

おや？

最近の話題を掲載するページなのだが、更新が三年前で止まったたままだった。

（十一）

僕は、さっきから熊のように部屋を行ったり来たりしている。

To do, or not to do.

あゝ、僕はハムレットのように煩悶するのであった。

三年前から更新が止まったままのウェブサイトに疑念を持った。この会社は本当に今も運営されているのだろうか。採用情報のページには社員募集の情報が掲載されている。応募者のふりをして電話をしてみたらどうかと思いついた。がしかし、そんなことを、この僕が首尾よくできるのだろうか。普通にしゃべるのにも苦労があるというのに。

あ、、悩む。

部屋のなかを、のそのそと歩き回る行動はすでに一時間以上続いていた。

対人恐怖症とまでは言わないが、僕の心のなかを人と関わることへの不安が巣くっている。世の中の大半の人々は至って善良で、悪意を持った人々がごく稀な存在であることを僕は知っている。だがそんな人であっても、僕ら自閉症の人間と対峙したときに感じる不快感や戸惑いをなくすことはできないのだ。僕は相手に嫌な想いをさせたくない。だから、映画やドラマ、書籍を通じて、定型発達の人々がとる理想的な言動を必死に学んでいる。しかし、努力はそう簡単には実らない。うまく立ち振る舞えない自分にいつも苛立っている。

人間関係における苦手意識が生まれたのは思春期の頃のことだった。義務教育期間をずっとホームスクーリング――学校には通わず、家庭で教育を行うこと――で過ごしてきた僕だったが、そのあとは高校受験を経て、一般の高校に進学した。義務教育期間、母が最高の学習環境を整えてくれたおかげで、学力はずば抜けていて、勉強で困ることはなかった。むしろ学校の勉強を物足りないと思うことの方が多かった。しかし、対人関係となると話は別だ。

登校初日、隣に座ったクラスメートが僕に声をかけた。

「ねえ、消しゴム貸して」

「えっと、あのー」

結局、何の言葉も返すことなく、僕は黙って消しゴムを差し出した。クラスメートはそんな僕の姿を怪訝な眼で見つめた。

こんな簡単な会話もできないなんて……。とてもショックだった。

そんな小さな出来事が積み重なり、僕は人に対して臆病になっていった。

高校時代は、いじめも経験した。持ち物を隠されたり、放課後の掃除を押しつけられたり。その程度のものだ。想像を絶するような体験ではなかったものの、思い出すには辛い過去だ。それまで明らかな悪意に接したことがなかった僕は困惑した。やがて他者への小心は恐れへと変わっていった。特にどんな人か分からない相手には、どうしても身構えてしまう。

「こんなことしてても時間の無駄だ。電話しよう！」

スマートフォンを取り上げ、ユーズドワンの番号をタップする。

心臓がバクバクしてきた。

繋がる。ワンコール、ツーコール、スリーコール……。

あれ？　誰も出ない。

緊張が一気に解けた。

すでにコールは十を超えた。
「なんで出ないの？」会社って、電話にはすぐに出るもんじゃないの？
スマートフォンで時刻を確認。午後四時。営業終了の時間には早い。後でもう一度かけることにし、一旦電話を切った。三十分後にリダイヤルするも繋がらず、翌日の午前にも二度、電話したが、結果は同じだった。やはりこの会社は怪しい。

数日ぶりにネッ友さんにメールを送った。

件名：ご相談
To：ネッ友 さま
From：ひきこもり太郎
例の件、調査が続いています。
(ブログの更新が止まってしまって申し訳ないです。)
ネッ友さん、確か経営学部でしたよね？
非上場会社の決算状況を知りたいのですが、方法はありますか？

すぐに応答があった。

件名：Re：ご相談
To：ひきこもり太郎 様
From：ネッ友
すべての株式会社が決算公告を義務づけられています。
自社サイトでの公開などいくつかの方法が選択できます。
小さな会社は官報での公開を選択することが多いようです。
ですが、官報で見られるかは保障できません。
なぜなら、この法律に罰則はあるものの、実質的にお咎めがないため、
多くの会社が法を無視しているからです。
官報は無料で公開されていますが、誰もが確認できるのは直近のものだけです。
古い情報を見たいときや検索をかけたいときに使える有料サービスがあります。
調べてみましょうか？
社名と所在地を教えてください。

持つべきものは友である。私は早速、調査を依頼した。

（十二）

翌朝、メールを開くとすでにネッ友さんから返信が来ていた。ＰＤＦファイルが添付されている。恐らくこれが目的のものだろう。

件名：Re:Re:Re: ご相談
To：ひきこもり太郎 様
From：ネッ友
ご依頼のものを添付します。
三年前の官報に掲載された貸借対照表が手に入りました。
損益計算書やキャッシュフロー計算書はありませんでした。
それにしてもこの会社、本当に存在しているのですか？
資産状況がちょっと異常です。

詳しくは添付ファイルをご覧ください。

大急ぎで添付ファイルをダウンロードする。PCの横に置いた書籍が目に入る。タイトルは『財務諸表、ここだけ読めば大丈夫』。昨日、母に借りて大急ぎで読んだ。

ファイルを開く。ページ数は一ページだけ。限られた紙面に掲載するからだろうか、ずいぶんと簡素なものになっている。

ややややや、これは確かに怪しい。

株式会社ユーズドワンは債務超過に陥っていた。過去の純利益が積み重なってできる利益剰余金がマイナスを計上しており、負債総額が資産総額の五億円を上回っていた。負債額の膨張は長期借入金によるものだ。通常、債務超過となった会社が運営を継続するのは難しい。借入を行っている金融機関による貸し渋りと貸しはがしでキャッシュが回らなくなるからだ。ユーズドワンに貸しつけを行っているのは、銀行などの金融機関ではなさそうだ。

三年前の財務諸表。もしかしたら、ユーズドワンはすでに潰れているのはないか。

国税庁のサイトに飛ぶ。

株式会社ユーズドワンが存続しているのであれば、社名検索に引っかかるはずだ。

検索。

ある。

黒沢氏が経営する会社は、今も存在している。

経営状況が改善し、今は業績好調とか？　繋がらない電話、三年前から更新の止まったウェブサイト。業績がV字回復した様子を想像するのはやはり難しい。債務超過にまで至った会社を存続させることにどんなメリットがあるのだろうか？　そして、優雅な生活を支える資金源は？

あれこれ考えていると来客を知らせるチャイムの音が聞こえた。母がいるので、僕が出なくても大丈夫なはず。玄関が開く音に続いて、母と来訪者――どうやら男性のようだ――の話声が微かに聞こえる。階段を登る足音。ドアをノックする音とともに母の声が響いた。

「お客さんよ、下に降りてきなさい」

母はそれだけ言うと、ドアを開けることもなく、再び一階へ戻っていった。

お客さん？　僕に？　誰？

仕方がない。重い腰を上げる。

一階に下りると、リビングのソファに見知らぬ男性が座っているのが見えた。男性は僕を見ると軽く頭を下げる。僕もぎこちなく頭を下げる。

「何、案山子《かかし》みたいに突っ立ってんの。座んなさい」

母の声は背後から聞こえた。コーヒーの入ったマグカップ二つを載せたお盆を手に、母は僕を追い越していく。インプリンティングされた鳥のひなのように母の背中を追う。

母は男性の前にカップを置きながら言った。

「これエチオピア産のコーヒー豆なの。フェアトレード品なんだけどね、香りがいいのよ。飲んでみて」

僕は男性の斜め前、オットマンに腰を下ろした。

観察。年齢は母と同じくらいだろうか。フランネルのシャツは白と黒の格子柄。下は濃紺のチノパンツ。いずれもスマートな体型にフィットしている。安物ではなさそう。腕時計はΩ（オメガ）ときた。それなりの生活水準であることが窺える。黒縁の眼鏡の向こうにある瞳が知性を放っている。

この人は誰だろう？

もしかして、母の恋人？　男性に話しかける母の口調には親密さが漂っており、親しい間柄に見える。もうすぐ五十に手が届く年齢となった母ではあるが、年のわりには若々しい。服だってお洒落だ。恋人の一人や二人いても不思議ではない。

いいよ、いいよ。あなたが幸せになるなら、僕はこの人をお父さんと呼ぶよ。

僕は男性ににっこりと笑いかけた。男性も笑顔を返してくれた。

うん、この人とならうまくやれるかもしれない。

「母さん、ちゃんと紹介してください」なぜか敬語になってしまった。

「あんた、会うのはじめてじゃないわよ」

えっ？　僕この人に会ったことあるの？

「覚えてなくても仕方がないよ」と男性が言う。

えっ？　えっ？

「最後に会ったのは十年前だからね」

えっ？　えっ？　えっ？

あなたは誰？

「まさみの父です」と男性は言った。

（十三）

僕はまさみの父親を前に、居住まいを正した。

母は仕事があると言って、早々に自室に引き上げた。

「うちの妻が妙な相談をしてしまったそうだね。迷惑をかけて申し訳なかった」

父親は深々と首を垂れた。

「あのー、調べたこと報告してもいいですか?」と僕は尋ねた。

「もちろん。聞かせてほしい」

ということで、僕はここまでの調査結果について順を追って説明した。まさみが黒沢龍吉なる中小企業の経営者の自宅に住んでいる可能性があり、そこは六本木であること、そして、Instagramのアカウントを設定すれば、本人と直接連絡が取れることを、調査の詳細な経緯とともに伝えた。父親はときおりうなずきながら、ときに要領を得なくなる僕の稚拙な報告を黙って聞いてくれた。

「よくそこまで調べたね。たいしたもんだ。僕も相手の男性の名前までは知らなかったよ」

えっ? どういうこと?

父親は僕の心の声を聴いたかのごとく話し始めた。

「実は、まさみとは連絡を取りあっていてね、どこに住んでいるかも知っているし、学校を辞めることも、世田谷のアパートを引き払うことも事前に聞いていた。まさみから母親には内緒にしておいてくれ、と言われていたので、妻には何も言わなかった」

なんだって!

全身から力が抜ける。母親が相談したときに、この父親は「まさみなら大丈夫」と言った。すべてを知っていたからってわけか。

「あの子と母親は、昔から、どうもしっくり行ってなくてね。妻は古い考えの人で、女の子は高等教育なんて短大で十分、二、三年腰かけで会社に勤めて、あとは専業主婦になればいいと娘に言い聞かせていた。娘も実家で暮らしている間は、人生そんなものかと思ってたようだった。純粋培養だったんだね。東京の短大に通うようになって、彼女は自分の知らない世界が広がっていることに気づいてしまった。そして、自分の人生を模索するようになった。分かる？」

僕は大きくうなずいた。

「はい、よく分かります。僕も模索中だから」

「そうか。彼女ね、キャバクラで働き始めた。もちろん母親には内緒でね。そこで知り合ったのが、黒沢何さんだっけ？」

「龍吉さん」

「龍吉さんね。その人、貿易会社を立ち上げて大成功した人らしい」

大成功？　そんなわけはない！

まさみは、きっと会社の詳しい状況を知らないのだ。

更に父親の話は続く。僕はポンコツな記憶回路を必死に動かし、父親の話を聞き続けた。

「一応、僕も普通の父親だからね。キャバクラで働くことも、男と同棲することも反対したよ。

でもまさみの決意は固かった。あんな娘を見るのははじめてだった。困惑もしたけど、その一方で自分の人生に責任を負う覚悟も感じて、頼もしいとも思った。親としては子どもが自立していく姿を見るのは嬉しいことだからね。定期的に連絡することを条件に、自分の好きなようにしていいと言った。反抗期かな」

「反抗期？」

「もう二十歳だけどね。だいぶ遅れてやって来た反抗期。多少の怪我はするかもしれないけど、それも彼女の人生。失敗をしても、そこから何かを学んでくれればいいと思ってる」

こんなとき、普通なら何と返せばいいのだろうか？

僕はそのことを正直に言うことにした。

「あのー、僕は自閉症です。他人の気持ちを察することが苦手なので、こういう深刻な話を聞いたとき、どう反応すればいいか分かりません。でも話の内容はよく理解できました。ということは、これ以上の調査は不要ということですね？」

「その通り。今日はそれを伝えに来たんだよ」

「分かりました」

あっけなく調査は終わってしまった。これでいいのだろうか？　いや駄目だ。

「あのー、伝えておきたいことがあります！」

「何？」

「黒沢龍吉さんのことです」

緊張と乾燥で喉が渇いてきた。

「黒沢龍吉さんの会社のことを調べました。黒沢さんの会社は、名前を株式会社ユーズドワンと言います。たぶん経営はうまく行っていません。三年前の決算では債務超過になっていました。ウェブサイトの更新も止まっていて、会社に電話をしても誰も出ません。でも会社は存続しています」

饒舌に話せている自分に驚きつつ、更に説明を続ける。

「どうしてなのか、理由までは調べられませんでした。でもきっと何か裏があります。たぶん特殊なところから借入をしています。通常の金融機関であれば、とっくに倒産しているはずですから」

「裏というと？」

「これもはっきりとしたことは分かりません。僕が思いついた可能性は二つ。一つは反社会的勢力とのつながり、もう一つはロシア政府とのつながりです」

「一つ目は分かるけど、二つ目のロシアとのつながりってどういうこと？」

「どんな国も例外なく、インテリジェンス活動を行っています。分かりやすくいえば、スパイ活動です。自国民を他国に潜入させることもありますが、他国民を自国のために利用することもあります。ユーズドワンは表向き、ロシアへの中古自動車の輸出を生業としていますので、ロシア政府としては都合がいいわけです。どのみち……」

これ以上のことを言うのは差し出がましいのではないかと思い、言葉が詰まってしまった。

「言いたいことがあるなら、全部言ってほしい」

「はい、分かりました。二つのうちどちらの可能性であったとしても、まさみさんにとって好ましい状況ではないと思います」

父親は視線を落とし、腕を組んだ。

沈黙。僕は父親の言葉を待つ。

「みつるくん、ありがとう。決めたよ。娘を家に呼び戻す」

父親は再び、ありがとうと言いながら僕の手を握った。その手は大きくて、とても温かかった。

（十四）

その日は、十一月にしては珍しく、日中の気温は二十度を超え、ともて暖かい一日だった。久しぶりに散歩にでも行こうかと考えていたとき、玄関のチャイムが鳴った。今日、母は不在だ。いつものように左側に盛大な寝ぐせができているが、構うことはない。どうぜ、宅配業者か何かだ。急いで階段を駆け下り、玄関に向かう。サンダルをつっかけながら、「お待ちくださーい」と声を張り上げる。

玄関を開けたとき、僕の全身は硬直した。

そこには見目麗しい女性が立っていたのだ。あまりの美しさに茫然とする。

「えっと、あのー」

あのーの余韻が消えるのを待たず、いきなり女性が抱き着いてきた。

香水のうっとりするような香りが鼻腔をくすぐる。

あー、何だこれは。今起きていることは果たして現実なのだろうか。

女性は両手を僕の首の後ろに回したまま、上体を少し逸らし、その美しい顔を僕に近づける。

女性の瞳が僕を捉える。瑞々しい唇が数センチ先にある。

「あのー、どちら様でしょうか？」

そういう僕の声はよれよれだ。

少し離れた場所から近所のおばさんがこっちを見ている。この人が勝手に抱き着いてきただけですから、という心の叫びはおばさんには届かない。

「やだー、私よ。忘れちゃってるの、ひどい！　上がるよ」

女性は僕からすっと離れ、家のなかに入っていった。動作に迷いがない。みつるくんの部屋、上だよね、と言いながら階段をずんずん登る。僕の部屋の場所を知っているようだ。迷うことなく、ドアを開け、なかへ。

「うわー、独身男性の部屋って感じ」

あの静止画のような記憶。

記憶のなかの少女と眼の前の美しい女性とがまっすぐな線で繋がった。

「あのー、もしかして……」

「そうだよ。まさみだよ。久しぶり」

彼女はにっこりと笑った。

「お父さんがね、みつるくんにお礼を言ってこいって。あれはいい青年だって褒めてたよ。みつるくんの一言で目が覚めたって。放任することばかりが親じゃないって教えてもらったって」

僕、そんなこと言ったかな？

まさみはコートを脱ぎ、ソファに腰かける。

「案山子みたいに突っ立ってないで、座んなよ」

最近、誰かに同じようなこと言われた気がする。

ソファで並んで座るのもどうかと思い、僕は床に腰を下ろした。先ほどまでの混乱はすっかり収束したものの、この状況で彼女にどう声をかければいいのか、分からない。ここは正直になろう。

「あのー、僕、自閉症なんだけど、知ってた？」

「うん、知っているよ、昔から」

「ならよかった。僕、自分のことをしゃべるの苦手だから、まさみさんからしゃべってくれるとありがたい。それとできたらゆっくりしゃべってほしい」

「なんか、まさみさんって他人行儀だなあ」

「えっ、だって僕たち他人でしょ？」

「そうだけど……。まあいいや、じゃあ話すけど、こういうときってまずはお客さんに飲物とか出すもんじゃない」

「そっか、そうだよね。何がいい？」

「ビール」

ビール？　こういうとき、ビール出すって一般的なのかな？

一階に駆け下り、冷蔵庫を開ける。ありました。箱根、丹沢の伏流水を使って醸造された箱根ビールが。母の週末の楽しみを一本拝借。

まさみは用意したグラスを使うことなく、ボトルのままビールを呷《あお》った。

「ぷはー、昼ビー、最高」

昼ビーって、昼間に呑むビールって意味だよね。昼間と夜では、ビールの味が変わるのか？　僕にはよく分からない世界だ。

「じゃあ、話すね」

しばらく会ってなかったので、近況報告からと言って、まさみは語り始めた。

「市内の県立高校を卒業して、短大に進学したの。専攻は家政科。つまり良妻賢母になるための教育を受ける学校に進んだわけね。大学で授業を受けていても、何か違うなって感じてたの。でもやりたいことがあるわけでもないし、何となく単位を取って、何となく就活してって感じで時間が過ぎていった。二年生になって、キャバ嬢になった。深い理由はない。別にお金に困っていたわけでもない。ただ何となく。いろんな世界を覗いてみたかったのかな。お客さんはいろいろで結構面白かった。男の人たちってみんな、女の子にもてたいから、自慢話ばっかり。しょうもない男もいたけど、なかには魅力的な男もいた。キャバで盛大にお金使って、盛大に仕事の自慢話ができるって、それなりの男だったりするわけ。そういう人の話を聞くのが楽しくて仕方がなかった。黒沢もそんな男の一人だと思ってたんだけど、違ったんだよね。私には男を見る目がなかったってことだね。

「あと、内定を取り消された件についても話しておかないとね。私、内定式の日に吠えちゃったんだよね。その日はまず式典があって、社長のありがたい講話を聞くわけ。その後、制服の採寸と職場体験が予定されてた。今、考えてみると女性に制服を着せるような会社に入らなくてよかったと思ってる。

「私が吠えたのは職場体験の時間。何やらされたと思う？　お茶汲みだよ、お茶汲み。しかもやらされるのは短大卒の女性職員だけ。頭きちゃって、そんなに飲みたきゃ自分でいれろ、って総務部の部長に悪態ついちゃった。で内定取り消しとなったわけ」

その後も六本木での生活のことやロシア旅行のことなど、彼女のマシンガントークは止まることを知らなかった。ちなみに黒沢龍吉宅に転がり込んでから、キャバクラの仕事は辞めたそうだ。今は小田原の実家に戻って、受験勉強中とのこと。来年、大学を受け直す予定で、今度は四年制大学で社会学の勉強がしたいのだそうだ。

彼女の一人語りはとても心地よかった。ずっと聞いていたいと思った。

話が落ち着いた頃、彼女の前には空のビール瓶が五本並んでいた。

母さん、ごめんよ。

自分の話が一段落すると、僕にこんな問いを投げてきた。

「私ばっかりしゃべってるの不公平だよ。みつるくんのことも聞きたい。そうだな……、そう、パパがね、みつるくんを天使のようだって言ってた。包容力があるって。それって自分ではどう思う？」

そんな難しい質問しないでよ。

考える、必死に。僕は次のように返した。

「人は意見の食い違いに反発するよね。でも僕が正反対の意見に反論することはない。感情の起伏に乏しい僕にとって、意見の対立は不快なものではない。だから反論の必要がない。人の言うことをそのまま受け止めてしまう。だからかな」

「なるほどね。天使だね。そして名探偵」

「探偵？　僕が？」

「そうだよ。しかも名探偵。だって、私の居場所やつき合っている男性の名前まであっという間に調べちゃったんでしょ。すごいじゃん！」

彼女との楽しい時間はあっという間に過ぎた。日が暮れるのがすっかり早くなった。そんなことをしみじみと感じながら、彼女を見送る。別れ際に彼女が言った。

「これからもよろしくね、ひきこもり探偵さん」

ひきこもり探偵――

うん、悪くない。

第二章　忘れられない記憶

（一）

二〇一〇年十二月某日。

「蛙化現象って知ってるか？」

自宅リビング。一人の男性がソファにふんぞり返っている。尊大な態度だ。

「カエルってゲコゲコのカエルですか？」

「そうだ、そのカエルだ」

カエルという言葉に僕はいい思い出がない。

僕には幼少のときの記憶が著しく欠落している。知能の発達に問題があったことも一因だが、自閉症のせいで他の子どもが当たり前に経験していることを知らなかったりする。その一例が童謡だ。僕はいい歳になるまで『かえるのうた』を知らなかった。高校生のとき、同級生に笑われたことは今でも辛い思い出だ。

そして、もう一つ。

薄ぼんやりとした記憶のなかにわずかに存在する残像。カエルの縫いぐるみの記憶。掌《てのひら》に載るほどのサイズ。愛らしい姿をした小さな縫いぐるみに幼少の僕は恐怖を感じた。今にして思えばそれがなぜ恐怖の対象になるのかまったく理解ができない。幼い僕はそれを見ただけで怯え、泣きじゃくり母にしがみついたという。今でも夢に出てきて飛び上がるように目が覚めることがある。

「好意を抱いていた相手が自分を好いていると分かったことをきっかけに、相手に嫌悪感を覚えるようになってしまう現象のことだ。うちの妻が正にそれだった。俺たちは恋愛結婚だった。あれほど燃え上がったというのに、結婚してみると、あいつが俺を見る目は変わった。俺を憎悪しているのが分かった。でもな、俺の子を産んで育ててくれた女だ。感謝している。いなくなれば捜してやらなきゃとも思う。認知症が進んでるから尚更、心配だ」

男性の名は明智秀夫。母の紹介だった。

母は僕に命じた。

「いなくなった奥さんを捜しているらしいの。助けてやりなさい」と。

母と明智さんは同じ大家の会に所属している。大家の会——不動産投資家の集まりだ。母は神奈川県を中心に、五つのマンション、アパートを所有しており、そこから得られる不動産収入で生計を立てている。元々は会社員だったが、僕に自閉症の診断がついたことで、会社を辞め、投資の世界に身を投じた。子ども――つまり僕――中心の生活を送れるように考えた上での決断だった。母のそのときの決断があったからこそ、今の僕は何不自由なくひきこもり生活を送れるのである。母に感謝。

明智さんも不動産投資家として大きな成功を手にしていた。母曰く、物件の目利きは超一流で、投資の仕方が豪快なのだとか。

「どうだ、捜せるか？」

手がかりは二つ。テーブルの上に置かれた失踪者の顔写真と、YouTube動画に夫人らしき人物が映っているという情報だけだった。

「そういわれても……」

「報酬ははずむぞ」

「あのー、僕、商売で人捜ししているわけじゃないので。別にお金はいりません」

明智さんは驚き、呆れたような表情を見せた。

「じゃあ、何のためにこんなことしてんだ？」

そうだね。何のためだろうね。

「まあいい。じゃあ頼んだぞ」

「あのー、今後はどうやって連絡をとれば？」

明智さんは名刺を投げて寄こした。

『明智企画　代表取締役社長　明智秀夫』と印刷されている。連絡先は……電話だけ？

「あのー、メールアドレスは？」

「馬鹿野郎。そんなもん使うかよ。何かあったら電話しろ！」

電話——憂鬱だ。

仕方がないので。「はい」と小さな声で返事をした。


明智さんが帰り、家のなかは静まり返った。

「おっきな声だったたな」と独り言が漏れる。

明智さんは終始、威圧的な態度だった。相手の感情を受け取るアンテナが鈍い僕は、敵意とか悪意に振り回されることがあまりない。これは自閉症一般の傾向だ。その点、定型発達の人々は人間関係の苦労が多く、可哀そうだなと思う。それでも慣れない人との会話は疲れる。人一倍のエネルギーを必要とするから。

だいぶ消耗している。回復には時間がかかりそうだ。

「昼寝でもするかな」と再び独り言。

大きめのソファにごろんと転がる。

テーブルの上に置かれた写真に視線が動く。温厚そうな老婦人がこちらを見つめている。

婦人がいなくなったのは一週間前のこと。明智さんは夫婦二人で暮らしているが、認知症が進んだ妻に家事はできず、妻の世話と家のこと一切合切をフィリピン人の家政婦に任せていた。家政婦には妻から目を離さないよう、伝えてあったらしいが、四六時中、見張っているわけにもいかず、家政婦が洗濯物を干している間に婦人は姿を消してしまったのだ。明智さんはすぐに警察に捜索願を出した。警察も認知症を患っているということで、緊急性が高いと判断、捜索に入ると約束してくれた。だだし今のところ警察からの連絡はない。

一人では何もできない老婦人が一体、どこで何をしているのだろう？

これ、緊急事態なんじゃない？

疲れたなんて言ってる場合じゃない！　昼寝をしようとしていた自分に深く反省。

すくっと立ち上がり、二階に駆け上がる。部屋に入り、愛用のモバイルＰＣを起動。

「よし、調査開始だ！」

（二）

まずは婦人が映っているとされる動画をチェックすることにした。

YouTube動画『おばあちゃんのお散歩』――結構な人気らしい。公式チャンネルの運営者であるゴゴリン若松なる人物――おそらく男性――が、地元のおばあちゃんと一緒におしゃべりをしながら散歩するだけの動画。ゴゴリン氏は声だけで、姿を現すことはない。演出などは一切ないようで、会話は日常の他愛ない内容ばかり。登場するおばあちゃんたちは、穏やかで優しそうな人たちが多い。素朴な会話と、ときどき見せるとぼけた反応に視聴者は癒されるのだ。

該当の動画が公開されたのは、三日前。失踪から四日目のことだ。明智さんの知人が見つけて知らせてきたのだ。当然、明智さんもその動画を視聴している。

「失踪時に着用していた格好とまるで違うが、妻に間違いない。だが、ちょっと雰囲気が違う」

明智さんの言葉は歯切れが悪かった。

その動画を見つけ、再生する。

緩やかな坂道を登るお年寄りの背中をカメラが追う。車一台分がかろうじて通れるくらいの道幅。繰り返し行われた道路工事により、道路の表面はでこぼこしていて、歩きにくそうだ。道の左手にはうっそうとした緑。視認できないが、崖にでもなってるのか、フェンスが張ってある。フェンスの色もまた緑色。葉の緑に負けないほどの濃さだ。道の右側には住宅——古風な木造家屋——が並ぶ。どの家も門構えが立派で、田舎の家という感じだ。

『おばあちゃん、今日も晴れてよかったね。元気かい？』

ゴゴリン若松と思われる男性の声。カメラが追いつき、彼女の横顔を捉える。

『元気よ』

手振れではっきり確認できなかったが、笑顔で答えたように見えた。

しばらくの間、カメラは彼女の横顔を映し続ける。

服装も綺麗なものを身につけているし、髪型も整っている。どこかを放浪していたようには見えない。

『おばあちゃんさ、昨日もここ歩いてたね。この道、好きなの？』

『思い出の場所だからね』

カメラが正面に回り込む。老婦人は穏やかな笑みをたたえていた。

『なんだか、おあばあちゃん、幸せそうだね？』

『幸せよ、好きな人といられて』

まるで少女のような表情だ。

老婦人が立ち止まり、左手を向く。

『いい景色でしょ』

カメラが老婦人の視線の先を追う。

そこは高台のような場所なのか、確かに遠くが見渡せる。ただ眼の前にあるのは大きな工場のような建物だ。とても、いい景色とは言えない。もしかしたら、この老婦人は昔の記憶のなかに生きているのではないか。彼女が見ているのは遥か昔の景色なのかもしれない。

再び歩き出す老婦人。

この後もゴゴリン若松との会話が数分続き、動画は終了した。


YouTubeのチャンネル管理者と連絡を取る方法はないものだろうか？

ゴゴリン若松に直接、連絡ができれば話は早い。

YouTube　管理者　連絡——検索。

どうやら方法はなさそうだ。

しばし思案。

ゴゴリン若松はSNSのアカウントを持っていないだろうか？

まずはFacebookを検索。こちらは発見できず。続いてCircleを検索。

ありましたよ、ありました。

早速、ゴゴリン若松の投稿を確認する。大半は新しい動画の公開を知らせる投稿で、残念ながら動画の撮影場所など有益な情報は得られなかった。

とりあえず、ダイレクトメッセージを送ってみることにした。

ゴゴリン若松さま

人を捜しています。

神奈川県大磯市に住む老婦人が一週間前にいなくなりました。

認知症を患っています。

ゴゴリンさまが三日前に上げた動画『おばあちゃんのお散歩』Vol.23に登場する方がその捜し人ではないかと思われます。

その方が今どこにいるかご存知でしたら、教えてください。

旦那様が大変、心配しています。

こちらの連絡先は下記の通りです。

どうぞよろしくお願いいたします。

やくも　みつる
XXXXXXXXXX@outlook.jp

果たして連絡は来るだろうか。

（三）

翌朝、朝食を摂るため、一階に降りると、すでに食事を終えた母がコーヒーを飲みながら、新聞をめくっていた。

テレビも点いていて、新聞を読みながら、そちらをちらちらと観る。新聞とテレビ。母は器用だ。僕には真似できない。

朝のニュース番組が、今年一年の出来事を振り返っていた。

一月には日本航空が会社更生法の適用を申請しました――

そういえば、そんなことがあったな。もう一年が経つのか。

改めて師走であることを実感する。

厚切りのトーストと目玉焼き、オレンジジュースと昨日の晩御飯で残ったポテトサラダを手早く準備する。母は、テーブルに着いた僕を一瞬、見たが、またすぐに新聞に視線を落とした。トーストを頬張る。

「ねえ……、明智さんって……どういう……人……なの？」

母が視線を上げる。

「あなたね、口に物入れたまましゃべらないの」

「ご……めん」

「明智さんはね、見ての通り、表裏のない人。ちょっと偉そうだったでしょ」

いやいや、ちょっとじゃないでしょ。

「やりづらかった？」

「別に。まあ好きか嫌いかと言えば嫌いだけどね。でも、苦手ではない。僕は特定のタイプの人に苦手意識を持つことはないから」

「相手の感情に鈍感だから、誰が相手でも平等に接することができるってことよね」

「それって……」と母。

母の声はとても穏やかで優しかった。

「それって？」と僕。

「現代を生き抜く大事なスキルなのかもね」

「どういうこと？」

「まあ、そのうち分かるわよ」

はぐらかされたようで気分が悪い。もう少し詳しく聞きたかった。

「明智さんのこと、まだちゃんと答えてなかったわね」

母は話し始めた。

元不動産会社の社員。四十歳から副業として始めた不動産投資が軌道に乗り、四十代後半で会社をセミリタイヤ。現在は十億円相当の不動産を保有。家賃収入で悠々自適な生活を送っている。趣味は車で、四台を保有。一番のお気に入りは三菱パジェロ。何でも自分で決めないと気が済まない性格。基本、上から目線だから、よく不動産管理会社の担当者と揉めている。その一方で、情に厚い面もあり、所有する物件に住む親子——母親と子ども二人の母子家庭——が滞納していた家賃を半年分、肩代わりしたことがある。離婚した旦那からの養育費が突然、途絶え困窮したのだそうだ。

「あなた、明智さんに興味があるの？」

母の指摘は正しいかもしれない。あんなにずけずけと自分の考えたことを口にする人にはじめて出会った。僕は常に自分の根っこを探している。自分は何者なのか。何者になれるのか。だから、他人のさまざまな生き方に興味を持つのかもしれない。

母との会話を終え、部屋に戻る。

メールソフトを立ち上げる。

ゴゴリン氏からの返事は届いていなかった。

このまま待っていることしかできないのだろうか？

再び動画にアクセス。再生。

なだらかな坂道、でこぼこの道、ゴゴリン氏の問いかけに続く婦人の穏やかな声。高台から見える景色。工場のような建物。ほのぼのとした会話。

そういえば、婦人の名前を聞いていなかったことに気づく。

再び再生。なだらかな坂道、でこぼこの道、ゴゴリン氏の問いかけに続く婦人の穏やかな声。高台から見える景色。工場のような建物。ほのぼのとした会話。

工場のような建物――。

そうだ。動画を前半に戻す。行き過ぎた。もう少し後。

画面の老婦人が立ち止まり、左手を向く。

『いい景色でしょ』

カメラが老婦人の視線を追うように右に向いた。

ここだ！

ストップ。

カメラが建物の全景を捉えている。目を凝らす。

この工場の名前が分かれば、場所が特定できるかもしれない。

が、しかし……。期待していたものは見つからなかった。建物の側面に社名が表示されているのではないかと期待したが、それはどこにもなかった。看板なども出ていないようだ。

場面を前後させる。二トントラックが敷地に入ってくる。他にも荷物を下ろしているトラックが数台止まっている。ところが出荷待ちと思われるトラックは一台もない。たまたま、そういう時間なのかもしれないが、ちょっと気になる。

これ、工場じゃなくて、配送センターの可能性もあるかな？

それにしても社名を表示していない理由が分からない。結構、大きな建物だ。絶対にどこかに表示があるはずだ。

駄目だ。いくら捜しても見つからない。

名前の表示が見当たらないのは、もしかして見えているのが、建物の裏側だから？

いやいや、建物の裏側に荷物の積み下ろしスペースをつくるなんて、効率が悪すぎるじゃないか。

何なのだろう、この施設は？

（四）

ひきこもり太郎から、ひきこもり探偵にハンドルネームを変えた。渡瀬まさみが命名してくれた名前を、僕は気に入ってしまった。

件名：近況報告
To：ネッ友様
From：ひきこもり探偵
また人捜しの依頼が来ました。
今度は認知症の女性です。
旦那様からの依頼です。
……

僕はネッ友さんへの近況報告を欠かさない。捜している老婦人が写っているYouTube動画があること、撮影場所を特定したいと思っていて、動画に映し出されている配送施設のような場所が手がかりになりそうだということ、などをメールの後半に書いた。
ネッ友さんの返信は今日も早かった。

件名：Re：近況報告
To：ひきこもり探偵 様
From：ネッ友
ハンドルネーム、変えたんですね。
引きこもり探偵！　とてもいい響きです。
そこ商業施設では？　ショッピングセンターとか。
解決の報告を楽しみに待っています。ではまた。

ショッピングセンターか。確かに。それなら荷物を載せたトラックが出入りする場所が建物裏側にあって、看板が出ていないことに説明がつく。出荷用のトラックが見当たらなかったことも。
さすがネッ友さん。だが……。

それだけでは撮影地の特定には繋がらない。

考えるが、次の一手が浮かばない。頼みの綱はゴゴリン若松氏からの連絡だが、いまだに連絡はない。困った。もう少し、明智さんから話を聞いてみようか。でも電話だよね。

僕はスマートフォンを取り上げた。前回調査のとき、まさみの母親に電話をするときほどの心理的な負担は感じなかった。どうしてだろう？　慣れたか？

預かった名刺を取り出し、明智企画にかける。電話はすぐに繋がった。

「はい、明智企画」

投げやりな言い方だった。おそらく明智さん本人だ。

「あのー、八雲と申しますが、社長の明智さんはいらっしゃいますか？」

「おう坊主か。何だ？　もう、なんか分かったのか？」

坊主？　僕は子どもじゃないよ。

「あのー、いや、今のところ何も」

「そうか。じゃあ何の用だ？」

「あのー、奥さんのこともう少し聞いていいですか？」

「あ、、いいぞ。それにしてもだな、そのしゃべる前の、あのー、は余計だ。うっとおしい」

「え？　僕、そんなこと言っています？」

「言ってる」

「あのー、自覚症状ないです」

「ほらまた。自覚しろ」

「はい」

「で、何だ？　連れ合いのこと聞きたいんだろ？」

あのー、と言わないように細心の注意を払い、「そうでした」と応答した。そういえば、愛読書『リーダーのお作法』に、品詞分類さえまともにされていない『えーと』とか『あのー』といった言葉で、プレゼンテーションのリズムが崩れ、印象が悪くなると、書いてあった。気をつけよう。

このあと聴き取った内容を整理すると次のようになる。

失踪者の名前は明智つね。年齢は明智さんより三歳年下の七十五歳。静岡県静岡市の生まれ。住んでいた場所の町名までは不明。出身地に血縁の者はいない。明智さんは、彼女のことを幸薄い女と言った。十代の頃に両親と弟を相次いで失っている。皆、病死だったそうだ。明智さんと結婚するまでに、どのような苦労があったのか、彼女が明かすことはなかった。明智さんも敢えて聞こうとはしなかった。夫婦には子どもが二人いる。両名とも男子で、すでに独立し、実家を出ている。上の息子さんは、一昨年に結婚し、お嫁さんが現在妊娠八か月。認知症が進んでいて、息子たちの顔も分からなくなっている。したがって、孫の誕生を認識することもできないだろうと明智さんは言う。

通話を切る。

僕は、おもむろに窓を開けた。なぜか部屋の空気を入れ替えようと思った。自室の窓から美しい山並みを望むことができる。すでに日が暮れかかっているため、それらは色彩のないシルエットになっている。

僕は冷たい外気に触れながら、自問する。

幸せって何だろう？

（五）

「知るか、そんなもん！」

強烈な一撃が返ってきた。

その後もゴゴリン若松氏からの連絡はなく、こちらの線は期待しても無駄だと悟った。何とかつねさんの居場所を特定したく、明智に連絡し、心当たりはないかと聞いてみた。その返答がこれだ。相手の感情に鈍感な僕でもこれだけストレートに激高してくれれば怒っているのがはっきりと分かる。

「心当たりがあれば、自分で捜しとるわ！」

明智さんの怒りは収まらない。

「さっさと捜せ！」

通話が切れた。

遊びに来ているまさみがこちらを見ている。

「何、じっと見てんの？」と僕。

「心配してるの」とまさみ。

「なんで？」

「だって、男の人、怒ってたでしょ」

「なんで分かるの？」

「声が大きかったから、全部聞こえてたよ。すごい怒ってたね」

「なんでだろう？　ねえ、なんでだと思う？」

「そうだなあ……」

まさみの言葉はそこで止まった。

「ねえ、もう一度、動画見せてくれない。あとさ、ケーキどうするの？」

「ケーキ？」

「もう、すぐ人の言ったこと忘れちゃうんだから。お土産に買って来たケーキ。モンブランとマスカットのショートケーキ、どっちにする？　おばさんが淹れてくれたコーヒー、冷めちゃうよ」

少し小ぶりなマグカップが二つ並んでいる。母は珍しく僕の分も用意してくれていた。

僕はモンブランを所望した。まさみは鈴なりに載ったマスカットの一粒を口に運ぶ。

「うーん、瑞々しい。幸せー」

幸せ、か。

『おばあちゃんのお散歩』Vol.23を検索する。

「あったよ」

再生。

まさみの動きが止まる。デザートフォークをくわえたまま画面を見つめている。

『幸せよ、好きな人といられて』

映像のなかのつねさんの言葉にまさみが反応を見せる。こちらを見てニヤッと笑った。今の笑みにはどんな意味が込められているのだろうか。

動画が終了する。

「結局のところ、やきもちね」

やきもち？

「よく分からない。説明して」

「当然、明智って男の人も、この動画観てるわけでしょ。そこに映っている愛しい奥さんが、知らない場所で好きな人といられて幸せ、って言ってるんだよ。その好きな人って、明智って人じゃないよね。そりゃ、やきもち焼くでしょ。古いタイプの男性は、そういう感情を表現するのが上手じゃないの。だから怒るの」

「なるほど」

頭のなかの歯車が動き出す。

ＰＣのメモ帳を立ち上げ、可能性を書き出す。

・駆け落ち。不倫関係にあった男性と恋の逃避行
・昔、好意を寄せていた男性に会うための家出
・昔の記憶のなかで生きているだけ。ただの放浪

まさみがメモを覗き込む。僕のＰＣモニターには覗き見防止のフィルターがかけてある。ひきこもりのくせにそんなもの必要なのか、と母に突っ込まれたが。したがって、画面を見るのはＰ

Ｃの正面からでないと駄目で、まさみの頭が間合いを詰めてくる。彼女の柔らかい頬と僕の頬が密着する。女性に免疫のない僕にはちょっと刺激が強すぎるかも。しかも、彼女はすこぶる美人なのである。

「うーん、どの線もあり得そうね」とまさみが言う。

「一つずつ潰すよ。まずは駆け落ちの線からね」

僕はもう一度、明智に電話することにした。

「あっ、もしもし、八雲です」

「またおまえか。今度は何だ」

まだ怒ってる。

「奥さん、浮気をしていた形跡はなかったですか？　例えば見知らぬ男性と電話をしていたとか……」

まさみが両手をクロスさせ、バツ印をつくっている。声は出していないが、『駄目、駄目』と繰り返し、口元が動いている。

何が駄目なの？

気づいたときにはすでに遅し。僕は見事に地雷を踏んでいた。

大爆発。

明智の怒鳴り声が耳に突き刺さる。

「つねは浮気なんか、しとらん！　知らん男から電話がかかってきたことなどない。使わなくなった携帯電話のなかを覗いたが、不審な通話記録もなかった。おまえはつねを、俺たち夫婦を愚弄する気か！」

まさみの口元が、『謝って、謝って』と動いている。

「ごめんなさい」

僕は小さな声で謝罪した。

通話の後、まさみに叱られた。

「こういうデリケートな話題はね、あんなストレートな聞き方しないの」

明智を怒らせ、まさみに叱られはしたが、調査は進んだ。第一の選択肢が消えた。次の選択肢——昔、好意を寄せていた男性に会うための家出——を潰しにかかろう。

（六）

まさみは、三つのうち第二の選択肢が最も現実味がない、と主張した。つねの認知症はかなり進行していて、自分の力で交通機関などを乗り継いで遠くに行けるはずはないと言う。しかもお金を持って出かけた形跡もないのだ。

まさみの意見に少し気持ちが揺れたが、やはり第二の選択肢について調査することにした。初志貫徹。

好意を寄せていた男性がいる場所——

それは静岡県静岡市しかないだろう。

僕は、帰宅するまさみを玄関で見送ると、すぐに自室に戻り、調査を開始した。

静岡市　ショッピングセンター——検索。

結構あるなあ。

しらみつぶしに調べるのは効率が悪そうだ。何かいい方法はないか？

動画のなかにヒントがないだろうか？

『おばあちゃんのお散歩』Vol.23にアクセスし、施設の全景が映った箇所を何度も何度も再生する。施設の名称がどこかに表示されて、見逃している可能性を考えた。建物の壁面にそれがないことは確認済みだったが、別の可能性を考えた。ひっそりと看板が立っていたりしないか、駐車してある自動車に目的のものが表示されていたりする可能性は？　再生を繰り返す。三回、四回……。

駄目だ。何も見つからない。

一時停止。施設の全景が静かにたたずんでいる。

巨大な建物。荷物を積んだトラック。そこから荷下ろしをする男性。

おそらくこの施設の職員であろう、同じ色の服を着た女性二人が並んで歩いている。二人が身につけているのはいずれも赤紫色の服だった。どこかで見たことのある色。

赤紫色の服——

揃いの服——

よし！

次の一手がひらめいた。

ＰＣに映し出された画面をスキャンし、画像ファイルに変換する。該当の女性職員が映っている場所を拡大、色がはっきりと認識できる部分だけを切り出す。色の解析ソフトに赤紫の断片を読み込ませる。

結果はすぐに出た。

カラーコードが表示されている。ＷＥＢで再生する際のコードは＃b60081。ＲＧＢはR_82/G0/B129だ。ちなみにＲＧＢとは、色の三原色、赤（Ｒ）・緑（Ｇ）・青（Ｂ）のことで、この配合割合を変えることでさまざまな色を表現できる。パソコンで画像を再現する際にこの仕組みが使われているのだ。

R182/G0/B129　ロゴ――検索。

見つけた。これが制服ならば、ブランドロゴと同じ色を使っているに違いないとの仮説が当たった。

どこかで見たことのある色――

既視感があるのも当然だ。目的の施設はイオンだった。ネッ友さんの指摘は見事に的中していた。

更に確認。

イオン　制服――検索。

店舗スタッフの姿を撮影した画像がＰＣの画面いっぱいに並んだ。

なんだ、そうか。

身につけているのは制服ではなく、エプロンだった。動画から切り出した画像は粗く、そこまで分からなかった。

ここまで来ればあと一息。

イオン　静岡市――検索。

あった。ここだ。

イオン清水店。所在地は静岡市清水区上原。静岡清水線狐ケ崎駅から徒歩圏内。Google Mapに住所をコピペし、表示する。航空写真に切り替える。建物の東側に駐車場があり、そちらが正面であることが分かる。『おばあちゃんのお散歩』に映し出されていたのは建物の裏側と思われる。ということはつねさんが歩いていたのは反対の西側か。イオンの北には大きな池。イオンの敷地と池の西側に、南北に延びる細い道がある。その道上の適当な地点にポイントを指定し、ストリートビューを表示する。辺りの様子がモニター上に表れた。画面の左には枯草が積もった空き地、その向こう側には住宅が見える。そして、右手にはうっそうとした緑とフェンス。フェンスは濃い緑色。動画に映っていたものと同じ色だ。北を向いていたビューを南に向ける。そのままビューを南下させる。心臓の鼓動が早まる。興奮している自分に気づく。

南へ。更に南へ。

最初に表示した地点から数十メートルは移動しただろうか。ついに見つけた。

つねさんが歩いていた場所だ。

ビューを東に向ける。

動画の撮影時点よりも、緑が生い茂っているせいで、若干視界が遮られているものの、動画のなかにあったあの建物が、確かにそこに存在していた。

ガッツポーズ。

つねさんは間違いなく、この付近にいる。

（七）

僕はまず、まさみに電話をした。

「凄い！　もう見つけちゃったの」と驚き、感心しつつも、つねさんがそこにいるとは限らないのでは、と言った。その意見には同意できなかった。僕にはつねさんがその付近にいるという確信があった。だって、恋焦がれる人に会いに行ったのなら、その場を離れる合理的な理由がない。

「だとしても、つねさんを完全に見つけたと言える状況でもないよね」

まさみのその意見には深く同意である。

明智さんに、つねさん発見の報を入れてよいものか？

そんなことをあれこれ考えていると、まさみから思わぬ提案を受けた。

「私、行こうか、つねさんを捜しに。あんまり広い街じゃなさそうだから。すぐに見つかるんじゃないかなあ」

僕は、まさみに甘えることにした。明朝には出発すると言う。

「静岡なら、車で、すぐだしね」

僕は、まさみに礼を言い、電話を切った。

夜が刻一刻と更けていく。


翌朝、寝ぼけ眼で一番に行ったこと。それはドアに付箋を貼ることだった。ちゃんと気づけるよう目線の高さに。書いた言葉は『外出時、携帯』。

今日もいつものように昼食の調達にコンビニに走るはずだ。その際、まさみから連絡があってもいいようにスマートフォンを持参しないと。

まさみからの連絡を待つ間、僕はすることがなかった。ブログの記事でもつくろうかと思い、原稿を書き始めた。


『幸せとは何だろう。昨日、わが家を幼なじみが訪ねて来た。お土産に持ってきてくれたケーキを食べ、満ち足りたように、あゝ幸せ〜、と言った。確かに幸せなのだろうが、僕は、その言葉に少しだけ違和感を持った。……』

キーを叩く指が止まる。考えがまとまらない。言いたいことが明確にあるはずなのに、それを紡ぐ言葉が何も出てこない。幸せとは何か。つねさんの失踪が、僕に哲学的な問いを投げかける。つねさんは幸せだったのか。僕はつねさんの人生について、ほんのごく一部のことしか知らない。彼女が、どんな経験をし、どんな想いで生きてきたか、僕には想像することすらできない。でも考えてしまう、彼女は幸せではなかったのではないかと。ちょっと横柄だが、自分を愛してくれる夫のいる生活を捨てて、姿を消す。幸せで満ちたりた人がそんなことをするだろうか。

改めて考える。幸せとは何か？

思考は堂々巡りを繰り返し、執筆は先に進まなくなった。

諦めて、昼食を調達しに行くことにした。上着を羽織り、ドアノブに手をかける。朝貼った付箋の字が目に飛び込む。

『外出時、携帯』

おっと、危ないところだった。すっかり忘れていた。テーブルの上にあるスマートフォンを掴み、玄関へ。

外に出ると冷気をまとった北風が乱暴に吹きつける。

「お〜、さむ」思わず声が出てしまう。

ゆっくりと歩き出す。今日はいつものように全速力で走る気にならない。

家の敷地を抜け、通りに出たところで内ポケットに入れたスマートフォンが震えた。取り出す。液晶画面の表示は〈まさみちゃん〉。携帯を持って出てよかった。

劇的な再会から、何度か顔をあわせているわけだが、僕は未だに照れくさくて、彼女の名前を面と向かって呼んでいない。

「まさみちゃんはね、あなたのことが大好きだったのよ。なんでかね？　あなたも彼女のことをまさみちゃんと呼んでいた。あなたがきちんと名前を呼ぶ友だちはまさみちゃんだけだった」と母は言う。

全然思えてないけどね。

電話に出ると、まさみの元気な声が聞こえてきた。

「見つかったよ！」

え？　もう。

「動画に映ってる道沿いにいた人に片っ端から声かけたの。三人目の人がね、この近所に住む渋谷さんの家に身元不明の女性が居候しているって、教えてくれた。今から行ってくるね。じゃあ」

切れた。

僕は結局、一言もしゃべっていなかった。

家に戻り、昼食を摂る。カツカレーと海鮮サラダ。珍しくデザートを買ってみた。苺大福。まさみのように、これで僕は幸せを味わえるのだろうか。実験、実験。

メインディッシュを早々に平らげ、いざデザートへ。幸せを噛み締められるように味わって食べるのだ。

最初の一口。縁を上品にかじる。

あっ、まずい！

なかから飛び出した苺が一旦僕の胸元に当たり、跳ね返った勢いで弧を描き、落下していく。更に床を転がる。慌てて手を伸ばすが間に合わなかった。苺はベッドの下にその姿を消した。手を伸ばすが、届かない。

辺りをキョロキョロと見まわす。

「棒、棒、棒」

いくら唱えても望むものが自ら姿を現すことはないのに。

（八）

転がった苺をハンガーでなんとか拾い出し、床についた餡子を拭き終わったところで、再びスマートフォンが震えた。

「もしもし、見つかったよ。つねさん、見つかった」

まさみだった。興奮しているのが分かる。

「うん」

「何、その反応。もっと喜びなよ」

「うん、喜んでる」

渋谷さんの家にいる身元不明の女性はやはり、つねさんだったのだ。

ここから、まさみのマシンガントークが始まった。

整理をすると次のようになる。

一週間と少し前、畳屋の主人である渋谷源蔵さんの息子さんが深夜に近所を歩くつねさんを発見した。明確な目的を持って歩いているようには見えず、心配になって声をかけた。名前や住まいの場所を聞いてもはっきりとした答えがなく、年寄りの徘徊であると思い、保護した。息子さんは、つねさんを交番に連れて行った。息子さんが「この人、この後どうなるの？」と聞くと、お巡りさんはこう言った。「この時間じゃ、署に連れていくわけにもいかないね。一旦、留置場で寝てもらうかね」と。息子さんは喧嘩っ早い性格で、お巡りさんのその発言に激怒。「おまえ、この罪もない老人を牢屋にいれようってか。ふざけるな！　連れて帰って、俺が面倒みる。おまえはさっさとこの人の家族を捜せ、馬鹿野郎」息子さんは捨て台詞を投げ、交番を後にした。

つねさんはそれ以来、渋谷家で世話になっていた。ちなみに家業の畳屋は事実上、息子さんが切り盛りしており、源蔵さんは隠居状態なのだそうだ。日中、息子さんは仕事があるため、つねさんの世話をしていたのは源蔵さんだった。

源蔵さんが言った。

「この人、お気に入りの散歩コースがあってね、道順をちゃんと分かってて、一人で出て行っても迷ったりしないの。見かけない人だけど、この辺のこと、分かってるみたいなんだよ」

ここからは、まさみと源蔵さんの会話を忠実に再現してみよう。

「この人、明智つねさんって言います。神奈川県の大磯に住んでいます」

「つね……さん？　旧姓は？」

「遠藤さんです。遠藤つねさん」

「（上半身を大きく仰け反りながら）えーーーーーー。遠藤つね！　本当に？」

「本当です」

「（横にいるつねさんをじっと見ながら）あなた、本当につねちゃんなの？　言われてみれば、目元とかつねちゃんだよ。あの散歩コースも……。そうか、つねちゃんだったか。会えてうれしいよ、つねちゃん。もしかして俺に会いに来てくれたのか？」

源蔵さんは、つねさんの手を握り、頭を撫でた。つねさんは終始、何も言わず、ただニコニコと笑っていた。その笑顔は少女のように愛らしかった。

とこんな感じで、僕は三十分ほどまさみの話を聞き続けた。

「これから、つねさんを連れて帰るから、明智さんに連絡しておいて」

通話を終えた僕は、部屋の真ん中で立ち尽くしていた。捜し人が見つかったというのに、気分が冴えない。ひきこもり探偵なんて、颯爽と名乗ってはみたものの、結局、今回の解決は、まさみの行動力によるものだった。僕は何もしていない。

数時間後、庭砂利を自動車が踏む音が聞こえた。まさみがつねさんを連れて帰ってきた。急いで迎えに出る。運転席から降りたまさみが、助手席のドアを開ける。まさみに手を添えられて、老婦人がゆっくりとした動作で車を降りてきた。

動画のなかで何度も会ったつねさんがそこにいた。

笑顔。つねさんが、この僕に笑いかけてくれている。

黒のハイネックセーターにウールのケープコートを羽織っている。コートの色は明るめのグレー。お洒落な出で立ちだ。動画で観るより若く、華やいで見える。

とりあえず、二人をリビングに案内する。そろそろ、明智さんが到着する頃だ。

慣れない手つきで日本茶を淹れ、それをつねさんの前に置くと、またにっこり。

この人は笑顔が似合う。

「つねさん、源蔵さんとのこと、彼に話していい？」

まさみがつねさんに尋ねる。まさみはつねさんを守るように横に座っている。

「いいわよ」

つねさんは上品にお茶を一口含む。「これ、美味しいわね～」と一言。あとは視線をリビングの大きな窓の外に移したまま動かなくなった。この人は、まさみの話す言葉の意味を本当に理解しているのだろうか。自閉症の僕から見ても、少々挙動が可笑しく見える。よくまあ、あんな遠いところまで一人で行けたものだ。

「つねさんと渋谷源蔵さんは同じ歳で、家が近かったせいでいつも一緒にいたの。つきあってたってわけじゃなかったけど、きっとつねさんと結婚することになるんだろうと、源蔵さんはずっと思っていた。つねさんのことが大好きだったって。つねさんもきっと同じ気持ちだったはずだと源蔵さんは確信していた。動画でつねさんが歩いていたのは、二人がよく一緒に歩いた道なの。あの頃は大きな建物もなくて、もっと見晴らしがよかったらしい。

「状況が変わったのは、二人が中学を卒業する頃。つねさんのご家族が相次いで亡くなった。お父様が病気で倒れたことで家計は困窮し、つねさんは高校への進学を諦めた。勉強が大好きで、成績もよかったのに。二人の仲は少しずつ遠退いていって、いつの間にかつねさんはこの街からいなくなっていた。別れも言わずに」

まさみがつねさんの手にそっと手を添える。

「会いたかったんだよね、源蔵さんに」

つねさんがまたにっこりと笑った。

（九）

明智夫婦の再開は実に無感動なものだった。

「おお、つね、帰ってきたか。元気だったか。（これまたにっこり笑うつねさんに）そうか、そうか。じゃあ、帰るぞ。坊主、世話になったな。これ、礼だ。とっとけ」

明智さんは、茶封筒をテーブルの上に放り投げた。どうやらお金が入っているらしい。僕は、「結構です」と言って、封筒を押し返した。

「そうか、わかった。坊主には借りが出来た。いつか返してやる。困ったことがあったら連絡しろ」

僕とまさみは玄関の外に出て、夫婦を見送った。

明智さんは大きなジープに乗って来ていた。これが、明智さんお気に入りのパジェロか。車が走り去ると、まさみがこう言った。

「もー、照れちゃって」

僕には、その意味が今一つ理解できなかった。

「明智さん、とても喜んでたね。もう、あれくらいの歳の男性って、どうしてストレートに嬉しいって言えないのかなあ」

シニア男性というものは、そういうものなのか。

数日後、ゴゴリン若松氏からメールの返信が来た。

遅いよ、とつっこみを入れつつ、メールを開封。

八雲 満さま
返信が遅くなり、すみませんでした。
先ほどメッセージに気づきました。

私、本名を渋谷正道と申します。渋谷源蔵の息子です。

な、な、何！

続きを読む。

つねさんは、とても魅力的なおばあちゃんでした。
いつも笑顔で、感じがよく、
認知症がかなり進行しているようでしたが、元来の人の良さが感じられました。
地元の有志が集まって「お年寄り見守り隊」という団体を運営しています。
といっても、たいしたことはやっていなくて、
一緒に散歩したり、ご飯食べたりしている程度なんですけどね。
最近、この辺もお年寄りの一人住まいが増えていて、
地域のみんなで見守っていこうよ、ってことになって。
ところで、なんで、「若松」なんだって思いませんでした??
若松は旧姓です。渋谷源蔵は実父ではありません。
私、婿養子なんです。

本来、源蔵は私の母方の伯父です。家業を継ぐために、私は渋谷家の婿になりました。渋谷源蔵に結婚歴はありません。

もしかしたら、つねさんのことをずっと想っていたのかもしれません。

つねさんが帰ってしまった後、父は少し寂しそうです。

この度は、父とつねさんを引き合わせていただき、本当にありがとうございました。

渡瀬まさみさんから、探偵業をしていると聞きました。

人捜しのプロフェッショナルなのだそうですね。

私も何かあればお世話になろうかな。

お仕事、頑張ってください。

渋谷 正道（しぶや まさみち）

何とも複雑な心境である。

僕は、この人に感謝されるほどのことをしていない。二人を引き合わせたのは僕ではない。確かに僕の調査が多少の役には立ったとは思うが、二人が再開できたのは、つねさんの行動があったからだ。そして、源蔵さんに、居候の女性がつねさんだと伝えたのは、まさみだ。

あなたの方がよっぽど立派な活動をしていますよ。

まあ、でも人からありがとう、と言われるのはとてもいい気分だ。

それにしても、まさみは僕のことをどう説明したのだろう？　僕は探偵を生業にしているわけでも、人捜しのプロでもない。


一週間ほど後、明智さんが母を訪ねてきた。新規の投資物件について一時間ほどの意見交換をした後、明智さんが僕と話をしたいと言ったそうで、僕は二人のいるリビングに呼ばれた。別にこれといって話題があるわけではなかったが、僕も、明智さんと話をしたいと思っていた。それは、明智さんも同様で、せっかく来たのだからちょっと顔でも見ていくか、というくらいのようだったようだ。明智さんは、つねさんの近況を報告してくれた。

「つねは元気だ。もともと俺といるときは仏頂面だったが、戻ってきてから笑顔が絶えない。その笑顔は、まあ何というか、実に幸せそうだ。あいつ、あの渋谷っていう爺さんに惚れてたんだってな。きっと、俺のほうが百倍いい男なのにな。ぐわハッハッハッハッ」

俺のほうがいい男？

そうかな？

とりあえず、つねさんが幸せに暮らしているということでよかった。

そして、また来た——幸せ。僕は思い切って聞いてみた。

「明智さんは幸せですか?」

一瞬、目が丸くなる。

「何を言うかと思えば……。幸せに決まってんだろ。俺が不幸に見えるか? 何か悩んでたり、困ってたりしているように見えるか? 見ての通り、俺には不幸の種なんて一つもない。好きなことやって、好きなように生きてるからな。ぐわハッハッハッハッ」

明智さんの言っていることって、つまりは自己実現ということなのだろうか。

人には幸福になる権利が与えられているわけではない。人が持っているのは、幸福を追求する権利だけだ。幸せになるかどうかはその人次第。

書きかけにしてあったブログのことを思い出す。続きを書いてみようと思った。

明日は大晦日だ。いよいよ二〇一〇年が終わる。

第三章　野良猫

（一）

二〇一一年元日。

僕の生活に季節感はない。毎日、同じ時間に起きて、同じ時間に寝る。テレビもあまり観ないし、街中に出かけることも少ない。友だちもあまりいないし、イベント事もない。ずっとずっと平坦な日々が続くだけ。年越し蕎麦やお節料理を出してくれていた母も、僕がまったく興味を示さないので、最近では用意してくれない。

スマートフォンが震える。まさみからだ。

「明けまして、おめでとうー」

元気のいい新年の第一声だった。

「みつるくん、今日予定ある？　ないでしょ。初詣行こうよ。友だちも一緒なんだけどね、みつるくんに紹介したいんだ」

新年早々、気の進まない誘いだった。理由は二つ。一つは人がたくさんいる場所が苦手であること。人の声がたくさん聞こえてくると、僕の頭は混乱してしまう。もう一つははじめての人には緊張してしまうこと。まさみ一人なら、たまのお出かけもいいかなと思うけど。

理由を説明しても、まさみは食い下がった。

「行こうよ。何かお願いごと、ないの？」

「うーん、ない」

「それなら私の合格祈願してよ」

まさみは受験生なのだ。あと半年ほどで卒業だった短大を退学し、今年、改めて四年生大学を受験する。大学入試センター試験が間近に控えている。

「僕が祈願しても駄目なんじゃないかな」

「もーひどい。みつるくんなんか知らないから」

通話が途絶えた。

あれ、もしかして、これはとてもまずい状況なのでは？　怒ったまさみは二度と僕に会ってくれないかもしれない。それはとても哀しい。せっかくできた友だちなのに。電話しようかな。でも、怒っているまさみに何て言えばいいのかな？

そんな心配と哀しみも、その日の夕方にはあっけなく解決した。

ピンポーン、と来客を伝えるインターフォンが鳴る。母が応じているようだ。続く母の声が響く。

「みつるー、まさみちゃんよー」

驚き、そして困惑。

まさみの顔を見たら、最初に何と言えばいいのだろうか、と考えながら、恐る恐る階段を降りる。

話し声。まさみ以外に若い女性の声がもう一つ聞こえる。

階段の途中からリビングを覗き込むと、ソファに晴れ着姿の女性二人の姿が見えた。

「あっ、みつるくん」とまさみ。

見つかってしまった。

「そんなところに隠れてないで、こっち来なよ。お汁粉、みつるくんの分もおばさん、作ってくれてるよ」

すごすごと二人の前に進む。

「座んなさいよ」とまさみ。

「はい」と殊勝な態度で応じる僕。

「こんにちは」とまさみの横に座る女性が言った。

「はじめまして。私、町村えみといいます」

町村えみは僕に、屈託のない笑顔を向けていた。まさみはというと……。

あれ？　笑ってる。しかも結構、楽しそう。

「怒ってないの？」

　まさみが驚いた様子で答える。

「別に怒ってないよ。なんで？」

「だって、初詣の誘い断ったから、怒ってるのかなと思って」

　まさみが声を上げて笑い出した。

「怒ってないよ。全然、怒ってない」

「よかった。もう会ってくれないかと思った」

「前から言っておきたいと思ってたことがある。例えば、具合の悪い人がいたとするでしょ。その人が無理をして、大丈夫ですと言う。その言葉を聞いた僕は、額面通り大丈夫なんだと受け取って、安心してしまう。はっきり言ってくれないと、僕には分からない。曖昧な言い方は、僕を困惑させる。定型発達の人にとって感じたことを何でもストレートに口にするのは奥ゆかしさに欠ける行為だってことは知っている。だけど僕にはその方がありがたい」

　まさみは真剣なまなざしを僕に向けていた。

「分かった。気をつけるね」

　僕は思い切り、心をこめて「ありがとう」と言った。

「それはそうと……」

「何？」

「えみに、自己紹介くらいしたら」

そうか。僕は、町村えみに挨拶をしていなかったのだ。立ち上がり、腰を四十五度に傾ける。

初対面の人には丁寧に。

「八雲満です」

美女二人の爆笑の声がリビングに響く。

えっ、何、何、何？

（二）

えみさんから、僕に込み入った相談があるということで、二人を僕の部屋に案内した。

ところで先ほどの爆笑は一体、何だったのだろう？　僕の愛読書『リーダーのお作法』には人の第一印象は最初の数秒で決まると書いてある。えみさんの僕に対する第一印象はどうだったのか、とても気になる。

部屋に入ったえみさんが驚きの声を上げた。

「何これ、すごい」

えみさんは僕自慢の書棚に見入っている。

僕の部屋の広さは十二畳ほど。個人の部屋としては広いほうだろう。ドアを入って右側の壁一杯に書棚を作りつけてあり、そこにびっしりと書籍が並んでいる。上の方にある本を取るため、可動式の梯子も設置してある。

「みつるくんはね、読書家なの。だからいろんなことを知っていて、頭もいいの」

「あのー、みつるくんって、本当に自閉症なんですか?」

えみさんは少し、遠慮気味に尋ねた。

「全然、そんな風に見えない」

「そうです。僕は正真正銘の自閉症です。自閉症っていうと、薄暗い部屋に籠って、誰とも話さず暮らしている人を想像するでしょ。定型発達の人が、そういうイメージを持った自閉症を劣った人間と見ていることは、とても哀しいことです。自閉症でも社会で活躍している人はたくさんいる。歴史上の偉人だってたくさんいるんです。アインシュタインやエジソン、ダーウィンにミケランジェロ……。それに、そもそも自閉症と健常の間はスペクトラム（連続的なもの）で、その境目ははっきりしない。定型発達の人のなかにだって自閉症的な性質をもつ人はたくさんいるのに」

「ごめんなさい」

えみさんは小さい声で謝った。

もしかしたら、責めるような口調になってしまっていたのではないかと反省。

「あのね、みつるくん、捜してほしい人がいるの」とまさみがえみさんの希望を代弁した。

そうか、えみさんからの相談って、人捜しだったのか。

「えみ、話して」とまさみがえみさんを促す。

えみさんが事情を語り始めた。

えみさんの話を整理すると次のようになる。

えみさんは現在、ビジネス系の専門学校に通っている。勉強家で、すでに日商簿記一級を取得しており、中堅自動車部品メーカーへの就職が決まっている。まさみとは高校の同級生。彼女は両親の顔を知らない。遺児なのだ。一歳の頃に交通事故で両親を失っている。頼れる親戚などもなく、施設に引き取られた。中学二年生のときまで、児童養護施設で過ごし、その後、里親宅に引き取られた。通常、里親制度における子どもの引き受けは十八歳までとされているが、彼女の場合は特例で二十歳まで延長されている。この春から里親の元を離れ、一人暮らしを始めることになっていた。

捜し人は、児童養護施設で一緒だった男性。名前を宮城譲二という。宮城譲二は彼女と同じ歳。無職、住所不定。児童養護施設も十八歳までしかいられないため、高校卒業と同時に施設を出ている。

彼女はこの国の児童養護制度への不満を吐露した。

「高校卒業後の進学が当たり前の時代になっているのに、施設は十八歳で子どもたちを厳しい社会に放り出す。私はたまたま善意の里親さんに恵まれて、二十歳まで居場所を見つけられたけど、多くの仲間たちは高校卒業とともに施設を出た。でも、十八歳に一人で生きる力があると思う？あるわけない」

今、身につけている晴れ着は里親さんが、二十歳の記念にということでプレゼントしてくれたものなのだそうだ。えみさんは現在の幸せを再確認するように、晴れ着の膝を撫でた。

えみさんの話は続く。

宮城譲二は施設を出た後、職を転々とした。どの仕事も三か月と続かなかった。住まいはそのときどきで、知人宅などに厄介になっていた。一か月ほど前、仕事が見つかったとの連絡があった。電話口で何度、聞いても、仕事の内容を教えてくれることはなかった。聞き出せたのは、仕事で東京の世田谷に行くということ、高給であるということだけ。一週間ほど前、えみさんから電話をしてみると、お馴染みのアナウンスが流れた。『お客様のおかけになった電話は、電源が入っていないか電波の届かない場所にあるためかかりません』最初の一回目は何とも思わなかったが、二回、三回と繰り返すうち、不安が増幅した。毎日、電話をし、メールを送っているが、応答はない。

「みつるくん、捜せそう?」とまさみが聞く。

「分からない。警察には?」

えみさんが答える。

「行きました」

えみさんの僕に対する話し方はどこまでも丁寧である。

「でも、取りあってもらえませんでした。男性の意思で行動していると思われるため、失踪には当たらない、と。捜索願も受理してもらえませんでした」

えみさんは話を続ける。

「心当たりにはすべて連絡しました。同じ施設で仲良くしていた人とか。でも現在の消息を知っている人はいませんでした」

念のため、それらの人の名前と連絡先を控えさせてもらった。

「ねえ、見つけてあげようよ。私も協力するからさ」とまさみが言う。

「私たち、さっき岩泉寺で、お願いしてきたんだよね。譲二くんが見つかりますようにって」

岩泉寺？

それは僕が、たびたびあの供養塔に手をあわせに訪れる寺である。

「初詣、岩泉寺に行ったの？」

「そうだよ。初詣はやっぱり地元でしょ」

「なーーんだ。僕はてっきり寒川神社とか人でごった返してるところに行くのかと思ってたよ。それならそれって言ってよ」

「何よ、場所も聞かずに断ったのみつるくんでしょ」

そのとき、えみさんがプッと笑った。控えめな笑いだった。

「二人も幼馴染みなんだったよね。いいね。二人の関係って、なんかいい」

なんかいい？　何がいいんだろう？　定型発達の人の言葉は難解である。

僕は、えみさんに正対した。

「お調べします」

そう言いながら、首を垂れた。僕も、えみさんに倣って丁寧な態度で。

すると、また二人の笑い。すかさず、まさみの突っ込み。

「ねえ、その頭から伸びた触覚みたいな寝ぐせ、直しなよ」

えっ、寝ぐせ？　ついてるの？　初対面の人がいるのに僕という人間はもう。

えみさんが笑っている。

まあ、理由はどうであれ、人の笑顔を見るのはいいものだ。

（三）

翌日、早速、調査を開始した。

まず、ＳＮＳの調査から。ただし、こちらは見事に空振り。一日かけて調べたが、それらしきアカウントは発見されなかった。

次の日、ウェブの調査は一旦、諦め、えみさんから聞き取った連絡先に電話してみることにした。まだ正月の三日なので、比較的、連絡をつけやすいと踏んだ。ＰＣのメモ帳に、施設出身だという男性五名の名前と電話番号が記録されている。見知らぬ人に電話することに、免疫ができ始めていた。

「あっ、もしもし、小松智司さんですか？　私、宮城譲二さんの知人のそのまた知人の八雲満といいます」

正確には宮城譲二の知人の知人のそのまた知人なのだが、少し省略した。

「先日、町村えみさんから宮城さんを捜すよう依頼を受けています」

「お宅、探偵さん？」

探偵業をやっているわけではないが、僕の状況を詳しく説明するのも面倒なので。ここはとりあえず、「はい」とだけ答えておいた。

「えみさんから宮城さんが消息を絶っているということは聞いていますか？」

「聞いてるよ」

「最後に宮城さんに会ったのはいつですか？」

「そうだな、もうずっと会ってない。最後は……一年前かな」

「宮城さんは現在、東京都世田谷区にいるようなのですが、正確な居場所やどんな仕事をしているか、といったことに心当たりはありますか？」

「ないね。あるわけない」

即答。突き放すような言い方に聞こえた。

案の定、宮城譲二に対する不満が噴き出す。

「俺、鳶《とび》やってんの。あいつが仕事ないかっていうから、親方、紹介してやったんだよ。でもさ、三日でこなくなちゃってさ。紹介した俺の顔、潰しやがって。施設にいる頃はさ、いつも明るくて可愛い後輩だと思ってたけどな。今のあいつとはつき合いたくねえ」

小松さんは、えみさんのこともよく知っていた。

「えみちゃんは、あいつにはもったいねえ。この前、久しぶりに連絡くれたえみちゃんに言ってやったよ。悪いこと言わねえから、別れろ、って」

そうか、二人はそういう仲だったのか。

小松さんから、宮城譲二の消息を知るための、有益な情報は得られなかった。

僕は最後に聞いた。

「現在の交友関係について知っていることはありますか？」と。

小松さんが吐いて捨てるように答えた。

「知らねえな。あいつと仲良くしている奴なんていないんじゃない」


次の人に電話をかける。呼び出し音だけが無情に響く。

次も、そのまた次も。

最後の一人は、金久保啓太という男性で、彼には繫がった。この人は、失踪の直前に宮城を、自宅に泊めていたという。

「譲二とえみちゃんとは同級生です。譲二は優しい奴なんです。でも、ちょっとだらしないところがあって、例えば、時間にルーズだったり、借りたお金のことすっかり忘れたりとか。一事が万事で、だから、どの仕事もうまくいかなかった。その癖、妙に楽天的で、いつか自分には幸せが訪れると信じていました。僕、何度も言いましたよ、努力も苦労もしないで人は幸せになったりしないってね。でも、その言葉は、あいつの心に届くことはありませんでした。

「家を出て行ったのは突然でした。次の仕事が見つかったから、しばらく出かけてくると」

「しばらく出かけてくる？　ということは戻ってくるつもりだったということですか？」

「たぶん、そうでしょう。他に行くところなんてないはずですから」

「出かける前、他に何か言っていませんでしたか？」

「お金貯めて、えみちゃんを幸せにするんだって言っていました」

お金が貯まる仕事を見つけた？　しかも一定期間で。

「他には？」

「えっと、何だっけな。何か妙なことを言っていたんです」

僕は待った。

「あっ、思い出しました。弁天様が俺の人生を変えてくれると言ってました」

弁天様？

七福神の一員で財宝の神とされる、あの弁才天のことか？　さっぱり意味が分からない。

「そ、そ、それ、どういう意味でしょうか？」

「分かりません。僕も聞いてみましたが、ただ嬉しそうに笑っているだけで何も答えてはくれませんでした」

弁天様――

宮城譲二の残した謎の言葉が、頭のなかを駆け巡る。

最後の質問を投げかける。

「現在の交友関係について知っていることはありますか？」

「交友関係は狭かったはずです。友だちと呼べるのは、たぶん……、僕くらいです」

（四）

「この後、どうすればいいのかなあ？」

独り言が漏れる。

僕は想像以上に疲労していた。だいぶ慣れたとはいえ、やはり人と話すのは消耗する。

頭が回らなくなっている。

「気分を変えよう。ちょうどお昼だしね」

年が明け、寒さが一層深まる。家の背後に群生する落葉樹はすっかり葉を落とし、来るべき春に備えている。

よし！

走り出す。今日も全力疾走、と思ったが、僕の脚はピタリと動かなくなった。僕の脚を止めるものがそこにいたからだ。

目を凝らす。そいつは叢《くさむら》からひょっこり顔を覗かせていた。猫だ。

白と黒のまだら模様のぶち猫。鼻から上が黒く、僕にはない貫禄がある。この辺でもときどき野良猫を見かけることがあるが、この猫ははじめてだ。

「おーい、おまえ、どこから来たんだ？」

もちろん、猫は答えない。なぜか僕は、この猫に魅入られた。

猫が動き出す。前足を一歩前へ。動きを止める。そして、もう片方の前足を更に前へ。再び動きを止める。僕を警戒しているのか、慎重な動きだ。猫の視線はしっかりと僕を捉えている。なんだか、品定めでもされているようだ。次第に間合いを詰めた猫がとうとう足元までやって来た。ニャーと一声発すると、横腹を僕の脚に擦りつける。八の字を描くように、二度、三度。僕は猫の背中を撫でる。猫は反射的に飛び退き、僕に向かって、シャーと言って牙を剥いた。

「ごめん、怒った？」

なんか、人間より分かりやすいかも。

「これから昼ご飯、買いに行くけど一緒に行くか？」

僕は歩き出した。チラチラと後ろを振り向きながらゆっくりと歩く。猫はその場を動かない。道は右手にカーブしており、猫はやがて見えなくなった。

いつものコンビニに到着。今日は何にしようかな。なんだか無性に冷やし中華が食べたくなった。しかし、こんな真冬にそんな物があるわけがない。結局、ハンバーグ弁当にする。そのまま奥の飲料コーナーへ。寒いから冷たい物は止めておこう。家でほうじ茶を淹れることにしてレジへ。雑誌のコーナーを横切ったとき、ふと視線が外に流れる。

あれ？　いる、さっきの猫だ。僕の後を追ってきたのか。

急いで会計を済ませ、外へ。

「ついてきたのか？」

やはり猫は何も言わない。

このまま置いて帰るのも忍びなく、店の前に置かれたベンチに腰を落とす。近づいてきた猫が僕の足元に座る。

「半分ずつ食べよう」

しまった。飲物がない。暖かい物を買っておけばよかった。でも仕方がない。

寒空に凍えながら、野良猫との食事が始まった。

食事を終え、帰宅したのは家を出た一時間後。身体はキンキンに冷えていた。暖房を強めにかけて身体を温める。

「う〜、寒かった」

でも、意外に楽しい時間だった。

あれ、僕、何してたんだっけ？　そうだ、えみさんの彼氏さんを捜していたのだった。

気分転換ができたせいか、頭のなかがすっきりしたように感じる。

よし、仮説をつくってみよう。

まずはここまでの情報を整理だ。

○宮城譲二。無職・住所不定
○えみさんの彼氏。彼女との結婚を考えている
○何らかの仕事を見つけ、居候宅から突然、姿を消す。仕事の内容は不明
○現在の居場所は東京都世田谷区？
○失踪時に残した謎の言葉『弁天様が俺の人生を変えてくれる』

○頼れる友人・知人はいない

判っているのはこんなところか。

頭が回り始めた。情報を整理するなかで、すでにある仮説を立てていたことに気づく。悪い友だちにそそのかされて、何らかの悪事に加担しているのではなかろうか。だから、知人二名に宮城の交友関係について尋ねたわけだな、僕は。そして、その友人のなかに弁天と呼ばれる人物がいるのかもしれない。

待てよ。友だちに限ってしまっていいのか？　家族や親族、今までに働いた職場の同僚。可能性はいくらでもありそうだ。ここはやはり、えみさんに聞くのがよさそうだ。

電話をすると、えみさんはすぐに出てくれた。

「もしもし、えみです。みつるくん」

「はい、八雲です。あの～、いくつか聞きたいことがあるんですけど、いいですか？」

しまった！　明智さんに注意されていた「あの～」を発してしまった。反省。

「いいよ」

「譲二さんに弁天という名前の知り合いはいますか？　もしかしたらあだ名かもしれません」

電話口からうーん、という唸り声が聞こえる。

「いないと思う。譲二くんは子どもみたいに、何でもしゃべっちゃうほうだったから、彼の交友関係については比較的、把握できてるけど、そんな名前の人のことは聞いたことがない。珍しい名前だから聞いていたら、絶対覚えているはず」

「友人だけではなく、親類やこれまで勤めた職場関係の人のなかにもいませんか？」

「やっぱり、いないと思う」

「そうですか……」

どうやら、僕の仮説は方向違いだったようだ。

（五）

朝から出かけていた母から電話があった。

「今日、大家の会の新年会だった。伝えるの忘れてた。ごめん。晩御飯、適当に買って食べて。よろしく」

母のしゃべり方は小気味良い。僕もこんな風に話せたらいいのに、といつも思う。

すでに時刻は午後七時。

またコンビニかな。

日没の時間はとうに過ぎ、辺りは暗い。人や車の往来が途絶えた通りを静寂が包む。歩いて、コンビニへ。さすがにこの時間に全力で走る気にはならない。

いつものコンビニが見えてきた。店の前で女性がうずくまっている。気分でも悪いのだろうか。近づいてみて、その予想が大きく外れていたことが分かった。彼女は一匹の猫に餌を与えていた。しかも、その猫は今日の昼、食事をともにしたあのぶち猫だった。

「すみません。その猫……」

女性が顔を上げる。年齢は母と同じくらいだろうか。服装は割烹着。優しそうな人だ。

「その猫とお知り合いですか?」

「晩御飯あげるようになって、今日で三日目。さっきブラッシングもしてあげたわよ」

確かに、昼間より毛並みが整っている。

「僕も今日の昼、ご飯あげました」

「そう、この子、甘え上手なのね」

ニャー、と貫禄のある一声。

僕はこの猫に尊敬の念を覚えた。見知らぬ土地にふらっとやって来て、あっという間に土地の人と関係をつくり、食い扶持を確保する。生きるための底力と才覚を感じる。僕には到底、真似できない。

よし、この猫様をこれからは、にゃんこ先生と呼ぶことにしよう。

コンビニから戻り、食事を済ませ、調査を再開した。

コンビニからの帰り道、僕はあるニュース報道を思い出していた。

オレオレ詐欺――

少し前のこと。普段、テレビを観ない僕が、珍しく報道番組の特集に見入ってしまった。二〇〇〇年代に入って、増え始めたオレオレ詐欺の実情をキャスターが解説していた。それに続き、オレオレ詐欺に加担し、実刑判決を受けた二十歳の青年がインタビューに答えていた。声は加工され、顔にはモザイク。それでも生々しさを伝えるには十分な内容だった。

青年は語った。

『リーマンショックが起きた二〇〇八年、僕は大学一年生でした。証券関係の仕事をしていた父親が失業しました。父は必死で仕事を探したようでしたが、見つかりませんでした。しかたなく、レストランで皿洗いのアルバイトを始めたそうです。専業主婦だった母もパートに出ました。ちなみに僕は、兵庫の実家を出て、東京の私立大学に通っていて、僕の下には高校生の妹と中学生の弟がいました。夫婦が力をあわせても、僕の学費と仕送りを負担することができなくなりました。でも、僕は大学を辞めたくなかった。僕が通っていたのは全国から受験生が集まる有名私大でした。せっかく大変な受験生活を乗り越えて合格したのに。地元の友だちにも鼻高々でしたから、家庭の事情で退学したなんて、絶対に言いたくなかった。だから探したんです、必死で。稼げるバイトを』

僕は、テレビのチャンネルを変えようとした母を制した。画面の向こうで語り続ける彼に自分の姿を投影していたのかもしれない。

その夜、僕はなかなか寝つけなかった。

宮城譲二もあの青年と同じことを考えたのではないか。必死に探したに違いない、稼げるバイトを。

一度潜り込んだベッドから出て、ＰＣを起動、Circleを立ち上げる。

＃高額バイト――検索。

結構あるじゃん。

えみさんのためにも、宮城譲二を犯罪者にしてはならない。そして、彼の手で被害者となる人を生み出してはいけない。

宮城譲二は一体、どんな媒体にアクセスしたのか。その情報には今でもアクセスが可能なのか。

さまざまな疑問が頭のなかを交錯する。それでも僕は、一心不乱に情報の閲覧を続けた。

時間だけが過ぎる。時刻は午前三時。いつもなら心地よく、夢のなかを漂っている時間だ。こんな夜更かしをしたのは何年ぶりだろうか。少し意識が朦朧としてきた。

『テレホンアポインター。スマートフォンユーザー歓迎。とても簡単なお仕事です。即日お支払い。＃裏バイト　＃アポ電　＃即金　＃高額バイト』

おや？　このハンドルネームは……。

BENTEN――

弁天様が俺の人生を変えてくれる。

これだ！

喜びもつかの間、僕を得も知れぬ不安が襲った。

彼が失踪して、すでに一週間以上が経過していた。宮城の仕事はとうに始まっているはずだ。彼がどんな役割を担っているかは分からないが、これがオレオレ詐欺の入り口であることは間違いない。

僕は祈った、被害者が出ていないことを。

僕はBENTENにメッセージを送った。

（六）

BENTENからの反応は早かった。

BENTENと申します。
ご連絡ありがとうございます。
今後の連絡はスマートフォンに限ります。
コミュニケーションアプリWEB Talkをダウンロードの上、
下記ID宛に改めてご連絡ください。
@PK47617781283

WEB Talkって何だ？
それにしても、BENTENはなぜスマートフォンに拘るのだろうか？　急増しているとはいえ、スマートフォンユーザーはまだまだ少数派で、多数はガラケーなのに。
WEB Talk――検索。

『ロシア人エンジニアが開発したスマートフォン用コミュニケーションアプリ。iOSおよびAndroidに対応。主な機能はテキストチャットで、音声メモと写真を送付できる。安全性の高さが売り。独自の暗号化技術により、第三者はもちろんのこと管理者ですら、チャットでやり取りされた内容を覗き見ることはできない。一定時間でメッセージが消える消去機能あり。送信側、受信側それぞれの端末からメッセージが消える』

なるほどね。一切の証拠を残さず、コミュニケーションが取れるというわけだ。スマートフォンユーザーが増えてくれば、このやり方が広がるかもしれない。

僕は早速、WEB Talkをダウンロードし、BENTENにメッセージを送った。

To:BENTEN（@PK4761781283）
From:MITSURU（@DN637810892８）
先ほどご連絡したみつるです。
仕事の内容や職場の所在地を教えてもらえますか？

To:MITSURU（@DN6378108928）
From:BENTEN（@PK4761778 1283）
みつるさん、ご連絡ありがとうございます！
仕事の内容は会って、直接話します。
簡単な仕事です。
明日、小田急線の成城学園前駅まで来られますか？
あと、免許証を写メして送ってください。
メッセージに添付できます。
手続きに必要です。

こりゃ、まずい。こんな得体のしれない——おそらく犯罪者と思われる——人間と会うわけにはいかない。それに僕、免許証を持ってない。

To:BENTEN（@PK4761781283）
From:MITSURU（@DN6378108928）
仕事の内容、今聞けませんか？

あと免許証は持っていません。

To:MITSURU（@DN6378108928）
From:BENTEN（@PK4761781283）
仕事の内容は会ってから話します。
危ない仕事でも、違法な仕事でもありません。
心配しないでください。
保険証はどうですか？　保険証ならあるでしょ。

BENTENは仕事の内容を教えるつもりはないようだ。そして、保険証の件はどう切り返したらいいだろう？　困った。

気づけば、僕は彼女に電話をしていた。こんなとき頼れるのは彼女しかいない。まさみ様、起きていてください。

五回ほどのコールの後、電話は繋がった。

「もしもし。も〜、今何時だと思ってんの！」

「四時だよ」

「分かってるよ！」

じゃあ、なんで聞くのかな？

「で、何？」

いつものような優しいまさみ様ではなかった。

「怒ってる？」

「当たり前でしょ、こんな時間に」

こういうときはとりあえず謝るに限る。

「ごめんなさい」

「で？」

僕は事の次第をざっと説明し、対応に窮していることを伝えた。まさみは親友に係わることだと分かると、いつもの優しいまさみ様に戻った。

「とりあえず、会う約束しなさい。保険証はそのとき、持っていくと言えばいい」

「で、どうするの？」

「私がその弁天だか、弁当だかを尾行するから。そしたら、宮城くんの居場所が分かるかもしれない」

なるほど。

でも待って。BENTENはおそらく犯罪者だ。どんな恐ろしい人物なのか知れたものではない。もし、尾行がばれたら、まさみはどうなってしまうのか。

「危ないいんじゃない？　止めときなよ。ここから先は警察に任せた方が……」

「大丈夫だから！」

彼女は僕の最後の言葉を待たず、そう言い切った。

（七）

待ち合わせ時刻は本日午後二時、場所は小田急線成城学園前駅、駅ビル二階エスカレータ横のフリースペース。BENTENは黒縁の丸眼鏡に顎髭《あごひげ》、真っ赤なリュクサックを背負っているという。僕はというと、四十二歳会社員で、スーツ姿で行きます、と伝えた。何か目印をとのBENTENからの求めに対し、胸にバラの花を挿しておくと答えた。

まさみは大笑いした。

「バラの花？　そんな人いないでしょ。リアリティ、なさすぎ。まあいいや、とにかくあっちはバラを胸に挿した中年男が現れると思ってるわけね。私には好都合ね」

ということで、僕の人捜しは、また今回もまさみの手を借りることになってしまった。それにしても、まさみは大胆な女性だ。内定企業の人と喧嘩したり、卒業間際の学校を辞めてしまったり、キャバクラで働いてみたり、得体の知れない男性宅に転がり込んだり……。

「まさみちゃん、くれぐれも無茶しないでね」

「やだー、嬉しい。やっと、私の名前、呼んでくれたね」

まさみは上機嫌で電話を切った。

時刻はすでに六時になっていた。一階からガタゴトと物音が聞こえてくる。母はすでに起きている時間だ。

「もう駄目」

僕はベッドに倒れ込んだ。

冬の太陽が南の空高くに登る頃、僕は深い眠りから目覚めた。気づくと、倒れたときと同じ体勢だった。布団もかけずに眠っていたため、少し身体が冷えていた。くしゃみが一つ出る。

あ、、自己嫌悪。こんな時間まで寝てしまった。

高校を卒業した後、生活のリズムが著しく乱れた時期があった。昼夜を問わず、適当な時間に寝て、適当な時間に起きる。食事の時間も滅茶苦茶。身体のリズムが整っていないせいか、いつも頭が冴えない。そんな僕を叱ってくれたのは、他でもないわが師、立花優子先生だった。義務教育期間である九年間、勉強の面倒を見てくれた恩人だ。僕は母の方針で、義務教育をまったく受けていない。元小学校教諭。勉強はすべて家で。その方針にしたがって、母が見つけてきたのが、優子先生だった。はじめの頃は優子先生がすべての教科を見てくれた。数学や理科は学年が上がると専門的になるため、専属の先生が付いたが、国語の勉強だけはずっと優子先生の担当だった。僕は、国語の時間が大好きだった。優子先生は、型にはまった勉強を強要する人ではなかった。教科書——学校に行かなくても、一応貰える——を開いた記憶はあまりない。興味の赴くままに、たくさんの本を一緒に読んだ。そうした本の数々は、実に数百冊に及ぶ。僕はそれらを、今も大切に書棚に並べている。

高校に進学したことで、ホームスクーリングは終了したが、優子先生はときおり、僕の様子を見に来てくれていた。

「あなたはとても頭のいい子。でもそれだけでは駄目なの」

当たり前のことをやり続けられない人間は何者にもなれない、と先生は言った。

「まずは規則正しい生活をしなさい」

僕は、そのときの先生の目を忘れることができない。その瞳の奥に、何か言いようのない哀しみのようなものを感じた。他人の情緒に鈍感な僕が、他人の感情を感じ取ることはひじょうに稀だ。だからこそ、そのときの様子は強烈な印象として僕の記憶に刻印された。後から聞いた話だが、優子先生は病気で一人息子を亡くしている。母はそれについて、こうコメントした。

「私があなたの勉強を見てほしいとお願いしたとき、彼女は、自分の息子を育てるつもりでやります、と言ってくれた。彼女の息子さんは十歳で亡くなっている。時間は有限、ってよく言うでしょ。その台詞を言うとき、彼女の目には、きっと短い時間しか生きられなかった息子さんの姿がだぶって見えているの。無駄な時間を過ごすことは、彼女にとって耐えがたいこと。死ぬ気で生きろ、ってことよ」

優子先生、ごめんなさい、と心のなかでつぶやきながら、起き上がった。


母はすでに出かけていた。

時刻は午後一時。約束の時間まであと一時間。僕に出来ることは何もない。ただ待つだけ。

昼食を買いに行くことにした。スマートフォンを手に取る。まさみから連絡があるかもしれないから。やはり、今日も走る気にならない。身体が重たい。玄関の軒先からゆっくりと歩き出す。

いつものコンビニに着くと、いつものルートで店内を歩く。

にゃんこ先生、今日もいるかな?

シューマイ弁当にしようと思ったが、にゃんこ先生のことを考え、鮭弁当にした。お茶は温かい物を手に取る。会計を済ませ、外へ。ベンチの上に載り、こちらを見つめるにゃんこ先生がいた。

「お腹空いたかい？　食べよう」

僕が袋から弁当を取り出すと、鼻先を突き出し、くんくんと匂いを嗅ぐ。

「ちょっと待って、今開けるから」

骨をどかしながら、鮭の身をほぐす。お弁当の蓋を皿に、鮭を載せる。

「ご飯もいる？」

栄養のバランスは大事だからね。鮭の横に白米を盛りつける。

にゃんこ先生との食事が始まった。

「にゃんこ先生、僕は今、自分の弱さを痛感しています。ひきこもり探偵なんて名乗ってみたものの、結局、人の手を借りないと調査を進められない。弱さが必ずしも悪いことではないと、分かっています。そもそも、強さと弱さは善悪とは関係がない。僕たち自閉症は定型発達の世界においては弱者です。だからといって無用な存在であるはずはないと思っています。弱者には弱者なりの存在価値があるはずです。だって、にゃんこ先生だって、そうでしょ。ひ弱な存在ではあっても、しっかりと生きている。しかも、頼りない青年の話し相手にもなってくれている。でも、叶うなら、僕は強くなりたい」

僕は、この先、どんな風に生きていけばいいですか、と言いながら、にゃんこ先生の背中を撫でた。すると、ニャーと一声。

そのニャー、はどんな意味なの？

（八）

僕はやきもきしながら、待った。すでに午後三時。まさみが拉致され、拷問を受けている様子を想像してしまう。頭を振って、良からぬ想像を振り払う。こちらからかけてみようかな、電話。

そう想った瞬間、スマートフォンが鳴った。液晶画面の表示は《まさみちゃん》。

「もももももも、もしもし」

「も、が多いよ」

「ごめん。無事なんだね」

「無事に決まってるでしょ。それより、分かったよ、BENTEN一味のアジトが。駅から歩いて十五分くらいのところにあるマンションの一室。男の人の出入りが複数あった。たぶん、宮城さんはあそこにいるんだと思う」

まさみは事の次第を次のように説明した。

まさみが待ち合わせ場所に到着したのは、約束の時間の五分ほど前だった。その時点でそれらしき人物は発見できず、少し離れた場所で男の到着を待った。時間ぴったりにBENTENが現れた。予告した通り、黒縁の眼鏡に顎髭、背中には真っ赤なリュックサックを背負っていた。リュックサックの色は、眼に刺さるほどに鮮やかな赤だった。BENTENがその場にいたのは、きっかり十五分。その後、駅校内を出ると北に向かって歩き出し、アジトと思われる場所に帰っていったという。三十分ほど、マンションの入り口を観察できる場所に留まった。その間、食料を買い出しに行く男性一人の出入りと、興奮気味の三人組の入室を確認した。皆、一様に普通の生活をしている人々には見えなかったという。

「BENTENもそうだったけど、ヤクザとかではなさそうだった。私、キャバでそういう人たちたくさん見てたから、分かるんだ。BENTENなんか、とても大人しそうで、雰囲気、みつるくんに少し似てたかも」

僕に似てる？　どこが？　聞いてみたかったが、止めた。

僕たちはこれからの対応について、話し合った。暴力的な人たちには見えなかったが、用心するに越したことはない。これ以上の深入りはしない、と決めた。

「えみさんにはどこまで話すの？」

「分かったことは全部、話すよ。軽挙妄動は慎むように言うから安心して。あと警察にも相談するように言う」

ということで、何かすっきりはしないが、本件の調査は終了した。


その後も、にゃんこ先生との交流は続いた。会うのは専らお昼ご飯の時間。僕の他にも食糧源を確保しているらしく、お腹を空かせて困っているようには見えない。さすが、にゃんこ先生。

相手は猫なので、当たり前だが、しゃべるのは僕。将来への不安なんかを聞いてもらっていた。にゃんこ先生は、いつも一言だけ、ニャーと言い残して去って行く。近頃ではそのニャーがWhat will be, will be.（なるようになるさ）と言っているように聞こえるのだ。にゃんこ先生は、僕を励まし、叱咤してくれている気がする。

しかし、そんな楽しい時間は一週間ほどで終わってしまった。

いつものように、鮭弁当を買い、ベンチに座る。店で温めてもらった弁当の熱が僕の膝にじんわりと伝わる。見回しても、にゃんこ先生はどこにもいない。

「あら、この前のお兄さんじゃない」

声の主を確認する。先日、にゃんこ先生に晩御飯をあげていた割烹着の女性だった。

「もしかしたら、待っているの？」

僕は、小さな声で、はい、と答えた。

「昨日から姿が見えないのよ。野良猫だからね。どっか、行っちゃったのかしらね」

そんな……。

「猫は気まぐれだからね」

次の日も、そして、その次の日も、にゃんこ先生は姿を現さなかった。


宮城譲二のことが気がかりで、僕は特殊詐欺の実情について調べた。おそらく彼は、詐欺グループに加わっていると踏んだからだ。

最近、増えているのが高齢者を狙ったオレオレ詐欺だ。かけ子と呼ばれる下っ端が、高齢者宅に「俺、俺」といって電話をかける。相手が、子や孫と勘違いすると、事故を起こしたとか、会社の金に手を付けてしまい、補填が必要だとか、もっともらしい嘘で金を無心する。最近は、息子役（または孫役）と債権者役の二名組みであることも多いらしい。そんな簡単に騙されるものかな、と思ったが、被害総額は年間で百億円に達しているというから驚きだ。

かけ子や、銀行からお金を引き出す役の出し子といった下っ端は、多くが素人で、ＳＮＳなどを通じて集められる。高額バイト、即金、簡単な仕事……。そんな甘いささやきに引き寄せられる人々がいる。職に就くことができない若者、失業した元会社員など、経済弱者を犯罪集団が呑み込んでいくのだ。自らが使い捨て要員であることに気づかず。捕まるのは、いつも下っ端の素人たちだ。実刑判決を受けると反社登録され、銀行口座が持てなくなるなど、ペナルティを課される。そんな現実を知らずに、弱者は底なし沼に足を踏み入れてしまう。

宮城譲二を想う。

無職、住所不定の若者。

根無し草――。

そんな風にしか生きられない人間たちがいる。

まるで野良猫みたいだな、と僕は思った。

（九）

はふはふはふ。

その日、僕は朝から雑煮を食べていた。

「お雑煮、食べたいな～」

前夜、何げなく言ったことを母が叶えてくれた。

二十歳、男性、ニート。ただ、僕には家がある。アツアツの餅を食べながら、心のなかで母に感謝の言葉を述べる。

ありがとう、母さん。

「あなたね、お雑煮、食べるんなら、正月にしなさいよ」

ん？　壁にかかったカレンダーを見る。一月もすでに下旬になっていた。

「そうだね」

来年はそうする、と答え、かまぼこを口に放り込む。

「このかもぼこ、美味しいね」

「鈴廣よ」

母は台所に立って、洗い物をしている。時刻は九時半。今日は随分とのんびりしている。平日だが、今日は仕事をしないつもりのようだ。不動産投資家である母の時間は、実に自由だ。

「今日、まさみちゃん、来るんでしょ。着替えて、その触覚みたいな寝ぐせ、直しておきなさい」

え？　両手で頭を触ってみる。確かにあった、左右に一つずつ、見事な突起物が。

そうなのだ。今日はまさみがえみさんを伴ってやって来ることになっていた。えみさんが僕にお礼を言いたいのだそうだ。

「また笑われるわよ」

そうだ、この前、僕の寝ぐせは二人の爆笑を誘った。あれ？　でも母はなんでそんなこと知っているのだろう？　話したっけな？

二人はほぼ時間通りにやって来た。まさみは、本命だった大学の入学試験を終え、晴れ晴れとした表情をしていた。留学経験のある彼女は、英語が抜群にできた。彼女が入学を熱望する大学は、センター試験での英語の得点と小論文で合否を判定する特殊な一般選抜を行っており、彼女は一般的な三教科型の選抜と合わせて出願していた。

二人を自室に招く。

三人、フローリングの床に腰を下ろす。床暖房が入っているので、冷たくはないはずだが、おしりが痛くなると思い、座布団を勧める。えみさんが、座布団を脇に避け、おもむろに正座をした。何事が起こるのかとどぎまぎする僕に対し、彼女は深々と頭を下げた。

「みつるくん、ありがとう」

えみさんの態度はどこまでも丁寧だ。

「宮城くんに会えた」

えええ？　そうなの？　僕の知らないところで問題は解決していたのだろうか。

「宮城さん、見つかったんですね。それはよかった」

「えみ、みつるくんに詳しいこと、話してあげて」とまさみが言う。

「分かった」

えみさんは僕の方に向き直る。

「まさみがアジトの住所を教えてくれたから、私、行ったの、そこへ。建物の入り口近くで、二時間くらい待った。そしたら、宮城くんが出て来た。彼、とても驚いてた。なんでここが分かったのか、って聞かれたけど、そんなことゆっくり説明している場合じゃないと思ったから、無視して問い詰めたの、何をしてるのって。やっぱり危ないことしてた。詐欺、オレオレ詐欺」

やっぱり。

えみさんの話は続く。

「高齢者の名簿があって、電話をかけるのが彼の仕事らしい」

かけ子だ。

「自慢話も聞かされた。電話役は宮城くんの他に、無職の元会社員と多重債務を抱えた妻子持ちの二人がいて、彼が一番成績がいいんだって。つまりそれって、お年寄りをだますのが一番上手ってことでしょ。現場監督みたいな人がいて、あっ、それがBENTENね、その人がいつも褒めてくれるんだって。人に認められるの、生まれてはじめてだよ、って喜んでるの。馬鹿じゃないの、って思った。あとね……」

「何？」

「プロポーズもされた」

「あー、それはおめでとう」

横でまさみが笑いをこらえている。あれ？　また僕、可笑《おか》しなこと言ったかな？

「めでたくないでしょ」とまさみからの突っ込み。

なんで？

「三百万円、貯めたら結婚しよう、って。待っててくれ、すぐだから、って。私、言ってやったの、そんな汚いお金で幸せになれるわけないでしょ、って」

あ、、そういうことか。

「世田谷での仕事が終わったら、次は仙台に行くんだって。宮城譲二が宮城県に行くんだぞ。面白くないか、だって。そんなの全然、笑えないよ。仙台の仕事が終わったら、グループから抜けることになってる、って言ってた」

甘い。僕はそう思った。ここは言うべきだろう。

「彼らと一度、関係を持ってしまったら、そう簡単には抜けられないと思う。きっと、個人情報も押さえられているはずだから、どんな脅しをかけられるか分からない。警察に垂れ込むぞとか、家族がどうなってもいいのか、とか脅し方はいくらでもある。彼には家族はいない。でも一番心配なのは、えみさん、あなたのことだ。彼がBENTENにあなたのことを話していないことを、僕は祈っています」

えみさんの表情が引きつったように見えた。

「そうだね。私、そこまで考えてなかった。心配してくれて、ありがとう」

警察に行って、知ってることを全部話すと、えみさんは言った。

詐欺グループからの縁が切れたとしても、それはそれで宮城譲二には苦難の道が待ち構えているはずだ。言われるがままに電話をしていただけとはいえ、詐欺の実行犯であることには変わりない。警察に捕まれば、実刑となる。犯罪者という烙印を押されて生きていくのだ。ただでさえ、生活力に乏しい男が、そんなハンディキャップをどうやって乗り越えるというのか。

果たして、宮城譲二は、にゃんこ先生のようにたくましく生きられるか。

そこまで考えて、僕はとても哀しい気分なった。

第四章　表には必ず裏がある

（一）

二〇一一年二月某日。

約束の二十分前、僕は指定の場所に到着した。扉を開けるとカランカランという鐘の音。昭和レトロな内装。その雰囲気は、カフェというより、喫茶店と呼ぶに相応しい。開店直後で客もまばらだ。僕は、奥まった二人がけのテーブルにつき、待ち人の到着に備える。

隣のテーブルに座る中年男性が、まじまじと僕を見ている。手に持った大きな花束と、僕のいけてない風貌があまりに不釣り合いに感じられるのではないだろうか。そんなことを考え、気持ちが萎縮してしまう。

店員が注文を取りにやって来た。僕は、連れが来てから、と答える。

カランカラン。

扉が開く。待ち人の到着である。約束の時間を少しだけ過ぎていた。

「ごめんね。待ったんじゃない？」

「そんなことないよ。今着いたところ」

僕は、こんなとき相手に気をつかい、ついつい小さな嘘をついてしまうのだ。

また、横の男性と目が合った。男性の視線は、僕と待ち人の女性を行ったり来たりしている。

この冴えない若者のお相手が、こんなにも美しい女性だなんて。そんな声が聞こえてきそうだ。

更に萎縮。男の人に、二人の関係を洗いざらい説明してしまいたい衝動に駆られる。

僕たちはただの幼なじみ。この人は僕の彼女ではないから。

僕は、幼なじみに花束を差し出し、おめでとう、と言った。


まさみから電話があったのは昨日の夜のことだった。

「受かったよー」

弾けるような第一声だった。

先月に受験した第一志望の大学に合格したのだ。彼女はすっと、言っていた、M大で社会学の勉強がしたいと。師事したい先生がいるのだそうだ。

「日本はもっともっと開かれた国にならないといけないと思う。これから労働人口がどんどん減っていく。外国人を積極的に受け入れないと、経済活動を維持できないというのに、相変わらず日本人は閉鎖的で、内向き。外国人への差別感情もある。そうした日本人の心性がどうして生まれるのか、そして、それを克服し、開かれた日本を創るにはどうすればいいのか、考えたいの」

まさみ様、素晴らしい！


「M大って、神田だよね。遠いけど、また下宿？」

横の男性はすでに姿を消していた。

「うーん、どうしようか迷ってる」

「……」

「あれ、もしかして、私に会えなくなるかも、さびしーって思ってる？」

僕は素直になずいた。

すると、彼女の手がすっと伸びて来て、僕の手を握る。

「実家から通おうかな」

「……」

「何とか言いなさいよ」

僕はこのようなイレギュラーな状況に滅法弱いのだ。絞り出すように、ありがとう、と言うのがやっとだった。

「ねえ、みつるくんは子どもの頃のこと、どれくらい覚えてる？　私ね、哀しいことがあると、いつもみつるくんに手、握っててもらったんだよ。みつるくんはいつでも優しかった。今もそうでしょ？」

「……」

分からない。僕は優しい人なのか、それともそうでないのか。明るいのか、暗いのか。善人なのか、悪人なのか。僕は僕自身のことを客観視できない。人の評価は他人が決めるもの。人の気持ちを推察するのが、苦手な僕は、他人が僕をどう見ているのか、よく分からないのだ。

「まあいいや。少し歩こうか」とまさみが言った。

僕たちは店を出た。

小田原の駅前からバスに揺られること三十分、僕たちは小田原フラワーガーデンを訪れた。まさみが梅の花を見たいと言ったからだ。そこには築山式の園内に数百本の梅が植栽されている。この時期はちょうど見頃なはずだ。

それなりに人はいるが、園内が広いため、混みあっている感じはしない。

「静かでいいね」とまさみが言った。

その通り。人混みが苦手な僕には、とてもありがたい。

紅梅、白梅。予想通り、梅の花が咲き乱れていた。

ベンチを見つけて、二人並んで座る。頭上には、冬の澄んだ青空を背景に、紅色の梅が広がる。まるで花々に包まれたようだ。

「僕、さっきの質問に答えてないね」

「え？　何だっけ？」

「幼い頃のこと、どれくらい覚えているかっていう質問」

「うん」

「幼少の頃の記憶は、ほとんどない。あるのは断片的な記憶だけ。脈略のある記憶は皆無なので、昔のことを語ることができない。まさみちゃんのこともほとんど覚えてない。ごめん」

「別に謝らなくていいよ」

「まさみちゃんのことで覚えていることが一つだけある」

「何？」

「ほとんど沈みかかっている夕日を二人で手を繋いで見ていた」

「うん」

「まさみちゃん、泣いてた」

「うん。私も……覚えてる」

「なんで泣いてたの？」

横に座るまさみを見る。まさみは、また今度話すね、と僕の方を見ずに答えた。

「表には必ず、裏があるの」

彼女は、そんな意味深長な言葉を最後に黙り込んでしまった。

（二）

ブログサイトのメッセージボックスに一件の着信があった。

To:ひきこもり探偵様
私、ムハマド・イルマンと申します。

いつも『ひきこもり通信』を楽しく拝読しています。

本日は、貴殿にお願いがあって、連絡をさせていただきました。

先日、都内に本社のある某電機メーカーを狙った爆破事件が起きたことはご存知のことかと思います。

職場で、その事件の犯人が私であるという噂が広がっています。

私は至って善良で、そのような恐ろしいことを実行できる人間ではありません。

誰がそんな馬鹿げた噂を広めているのか突き止めていただけないでしょうか。

ちなみに私は小田原市内のホテルに勤務しています。

ご返信をお待ちしております。

×××××@gmail.com

僕は唸った。

どこの国の人だ？　それにしても見事な日本語だな。

ムハンマド・イルマン　何人――検索。

ムハンマド・イブンという歴史上の人物がヒットした。この人はアラブ人。とりあえずイスラム系男性のようだ。それにしてもこの依頼……。これまでのケースとは大違いだ。単なる人捜しではない。本物の探偵みたいだ、と僕は思った。引き受けてよいものだろうか。

まさみの言葉を思い出す。

「日本はもっともっと開かれた国にならないと」

異国の地で、一人の外国人が窮地に陥っている。この依頼を断ったら、僕はまさみに顔向けできないだろう。

早速、僕はイルマン氏にメールを送った。

二日後、非番のイルマン氏と会うことになった。指定された場所は、僕の自宅から車で十分とかからない場所にある五つ星リゾートホテルのロビーラウンジだった。直線距離にすればわずか四、五百メートルほどだが、曲がりくねった山道をひたすら登ることになるため、歩く気にはならない。僕は、母に車で送ってもらうことにした。ちなみに僕は自動車の運転免許を持っていない。

母がエントランスに車をつける。

「終わったら連絡しなさい。迎えに来るから」

ありがとう、と礼を言い、車を降りた。よし、と気合を入れて、建物のなかへ。

ロビーはとても広かった。三階までが吹き抜けになっており、解放感がある。さすが一流リゾート。ラウンジのある奥へと進む。すでにイルマン氏は来ているのか。それらしき人がいないか注意しながら、歩く。あの人かな？　窓際に座る外国人男性がチラチラとホテル入口の方向を見ている。時間は約束の三分前。たぶん、間違いないだろう。少し、緊張。

「あのー、僕、八雲と言います。ひきこもり探偵です」

男性はすっと立ち上がる。

「お待ちしていました。ムハマド・イルマンと申します。あなたは、やくもさんとおっしゃるのですね。よろしくお願いいたします」

イルマン氏は、そう言うと両手をお腹の位置に揃えて、頭を下げた。身のこなしがひじょうにエレガントだ。しかも。日本語の発音がパーフェクト。

「座りましょう」

促されるままに、僕は彼の横に腰を落とす。ソファがあまりにふかふかで驚く。

「ヘイ！」

右手の中指と親指をパチンと鳴らし、給仕係を呼ぶ。

カッコイイ。

「何にしますか？」

「じゃあ、僕、ホットコーヒーで」

「では私は、アッサムティーを」

アッサムティー！　これまた、カッコいい。

給仕係の男性は、かしこまりました、と言い、奥に下がっていった。

「イルマンさんは、ここで働いてるんですか？」

「いえいえ、私の職場はここではありません」

そりゃそうだ。職場にいるかもしれない犯人を捜す相談を、職場でできるわけはない。

「私が働いているのは市街にあるホテルで、ここより格付けが下です。よく勉強に来るんです、ここに。ここのスタッフの対応は超一流ですから」

「それにしても、日本語が上手ですね」

「ありがとうございます。日本に暮らして十五年が経ちました。私の国はマレーシアです。大学の専攻は日本の歴史でした。もっと勉強がしたくて、日本の大学院に進学しました。この国が大好きになって、そのまま居着いてしまいました」

素敵な笑顔だ。先ほどまであった緊張は、気づくと跡形もなくなっていた。イルマンさんの態度には、人をリラックスさせる魔法が隠されているのだ。

注文した飲み物が運ばれてきた。

「やくもさん、いや、ひきこもり探偵さん、私の話を聞いてください」

そう言うと、イルマンさんは職場で起きていることについて語り始めた。

（三）

事の始まりは一か月ほど前に発生した某電機メーカーを狙ったとされる爆破事件だった。犯人は未だ捕まっていない。犯行声明や爆破予告などもなかったため、何を目的とした犯行なのかも判然としない。「某電機メーカーを狙ったとされる」という表現は、あくまでも人々の憶測が生んだものだ。というのも犯行現場となったビルは、確かに電機メーカーの本社ではあったが、一部の報道では、本当に同社を狙ったのかどうか疑わしい、――結局、ただのいたずらだったのではないか――との見方が示されていた。爆弾が仕掛けられたのは一階奥の男子トイレの個室のなか。一階フロアには全国チェーンのカフェが入居しており、不特定多数の人の出入りができたのだ。しかも、爆発はそれほど大規模なものではなく、人の命を奪えるほどの大きさではなかった。爆発時、付近に人はおらず、死傷者はゼロ。被害は個室のドアと便座の破損だけだった。

イルマンさんは、事件発生から一週間ほど経過したある日、職場の同僚から、名前と顔写真がネットに晒されているとの指摘を受けた。サイトの名前は『われら世直し自警団』。イルマンさんはモバイルＰＣを持参してきており、その場でそれを見せてくれた。それはそれは酷いサイトだった。一言で言うとデマサイト。そこは、他者を陥れるための誹謗中傷と、偽情報で溢れかえっていた。

書き込みの内容はこうだ。

『××電機株式会社爆破事件の犯人はこいつ！　ムハマド・イルマン。イスラムによる爆破テロ。あ、恐ろしい』

この書き込みに、イルマンさんの画像が表示されていた。

どうも世の中には、他人を貶めることで快感を覚える不健全な心根を持つ人々が存在しているようだ。

イルマンさんに確認したところ、画像は社内で行われた集合研修のあとに撮った記念写真をトリミングしたものだという。オリジナルデータは東京支社の人事部が保有しているはずだとのこと。この画像データについて、私たちは次のようなやり取りを行った。

「画像のデータにアクセスできるのはどのような人たちでしょうか？」

「社内のポータルサイトに公開されていますので、社員であれば誰でもデータを入手できます」

「会社で使っているＰＣのＯＳは何ですか？」

「Windows です」

「会社は社員のアクセス行動を把握していますか？」

「はい、把握しています」

「それを社員は知っていますか？」

「知っています。だから、怖くてネットサーフィンなんか、できないです」

「メールで社外にデータを送ることはできますか？」

「社員全員にメールアドレスが付与されていますが、大半の者は社内連絡だけに使用が制限されています。社外のアドレスにメールが送れるのは、外部業者とのやり取りが必要な、ごく一部の社員だけです」

「記憶媒体をＰＣに接続することは可能ですか？」

「できません。ＵＳＢメモリーなどを差し込むと警告が出ます。警告を無視して、記憶媒体との接続を継続すると、システム部から該当者の上長に連絡が入る規則になっています」

僕は、次のような二つの仮説を立てていた。

・会社のＰＣを使って画像の加工を行い、そのままサイトに投稿した
・画像データを一旦、自宅のＰＣに何らかの方法で移し、加工と投稿を行った

いずれも社員が実行者であることを前提にしている。社外の人間であることを百パーセント否定することはできないが、可能性は限りなく低いだろうと思い、一旦脇に置くことにした。

第一の仮説。こちらの線はなさそうだ。Windowsなら標準装備されているソフトウェアでト

リミングくらいなら簡単にできる。だが、システム部ががっちり管理している状況下で、いかがわしいサイトにアクセスすることはないだろう。

そして、第二の仮説。画像データを社外の持ち出す方法として想定したのは、メール添付と記憶媒体の使用の二つだ。記憶媒体の線はなし。だとすると、必然的にデータ移動にはメールを使ったということになる。しかも外部へのメール発信ができる者は限られている。これは実行者を特定するのに、とても重要な情報だ。

僕は社内の状況についても聞いた。

「社内には、グローバルスタッフとローカルスタッフの確執があります。私はグローバル採用で、アメリカ本社の辞令一つで世界中どこでも赴任しなくてはなりません。一方のローカル採用は日本支社の採用で、転勤はありません。その分、給与水準や昇給率は低く抑えられています。ローカルスタッフのひがみや、やっかみが、両者の対立を生んでいます。私が勤めているホテルでは更に状況を複雑にする要因があります」

「といいますと？」

「私が勤めているのは、元々は日系企業が経営していたホテルでした。その会社は経営破綻していて、弊社に身売りしました。元の社員にもローカルスタッフとして、引き続き残ってもらったわけですが、そうした連中が社内改革の抵抗勢力になっています」

「では、今回の一件は不満を持ったローカルスタッフの手によるものではないかとお考えですか?」

「はい」

「でもですよ、グローバルスタッフは、イルマンさんお一人ではないですよね? 他のグローバルスタッフの方も同じような被害に遭っているのでしょうか?」

「いいえ、こんな目に遭っているのは私だけです」

「なぜでしょう?」

「それは……」

「それは?」

「私がイスラム社会の人間だからだと思います」

僕は、その答えに唖然とした。

(四)

僕は家に帰り、改めて問題のサイトにアクセスした。

イルマンさんは、サイトの問い合わせフォームに書き込みの削除を依頼したが、管理者からの反応はなく、未だ書き込みは放置されたままだ。たぶん管理者がイルマンさんの依頼に応じることはないだろう。

スレッドのタイトルは『××電機株式会社爆破事件の犯人情報』。書き込みの第一号がイルマンさんに関するものだ。実行者はイルマンさんを陥れるために、このスレッドを立てたのだ。投稿者の名前は『名無し』。ハンドルネームを未入力で投稿すると、この表示になるようだ。更に別の投稿者からの反応が続く。

『ジハード！』

『やっぱりイスラムは怖いね』

『自爆テロ？』

自爆テロじゃないよ。

クソカキコばかりだ。更に読み進めると、『こいつらも犯人かも』という書き込みとともに、何人かの顔写真と名前が載っていた。皆、西アジアの人たちのように見える。その先には、『この事件って、複数犯の犯行なの？』なんていう、間の抜けた書き込みまである。

「何なんだ、このサイトは」

無知、偏見、軽薄。サイトを形容するいくつもの言葉が浮かんだ。救いようのないニヒリズムに満ちていた。ここに出入りしているのは、一体どのような人々なのだろう?
胸の奥が締めつけられるような感触を覚えた。

イルマンさんの苦境を深く理解したいと思った僕は、まさみに電話をし、ここまでのあらましを伝えた。

まさみは静かに話し始めた。

「二〇〇一年にニューヨークで起きた同時多発テロ以降、イスラム教は西洋社会に対する脅威であると認識されるようになったの。人々——特に直接攻撃を受けたアメリカ人——は、身近なところに敵がいるのではないかと疑心暗鬼になった。更にマドリードやロンドンでもイスラム過激派によるテロが発生すると、イスラム恐怖症は世界規模で広がっていった。日本では幸い、社会を揺るがすようなテロは発生しなかったけれど、イスラム教への偏見が生まれたことは間違いないと思う。

「日本にも礼拝のためのモスクは数多くあって、そこをたくさんの人が訪れている。インドネシア、タイ、マレーシアなどの東南アジアの人々、パキスタンやウズベキスタンなどの西アジアの人々。日本にもイスラム教徒は結構な人数がいるんだよ。日本語を流暢に話し、日本社会に適応している人たちだって多い。そんな人たちに対してすら、嫌がらせが起きている。職場で除け者にされるとか、家の玄関に落書きをされるとか、子どもがいじめられることもある。みんな、何にも悪いことなんてしてないのに。

「私は、留学をしたことで、日本人の狭量な精神性に気づいてしまった。島国だからなのか、日本人は異質な文化を理解する能力に欠けていると思う。グローバル社会においては、致命的な欠陥ね」

僕は、彼女の語りを畏敬の念をもって聞き続けた。

最後に彼女は言った。

「イルマンさんを助けてあげて」

僕の頭の上には雲一つない空が広がっていた。

走る。力を込めて、前へ。もっと前へ。全力疾走。

イルマンさんを助けてあげて――

それは、まさみから僕への信託なのだ。

僕は考えた、次の一手を。イメージが次第に像を結ぶ。家に戻り、昼食をとる。食後の休憩を取ることもせず、ＰＣに相対した。

イルマンさんからメールが来ていた。

件名：追加のご連絡
To：ひきこもり探偵 様
From：ムハマド・イルマン
お世話になっております。
昨日は、弊職の話にお付き合いいただき、ありがとうございました。
追加でご報告したいことがあり、ご連絡いたしました。
添付の画像をご覧ください。
同僚から転送を受けたものです。
私が爆弾を製造している証拠写真として職場に出回っているものです。
私はこのような悪意に接したことはなく、哀しみに打ちひしがれています。
―添付ファイル：MG_47281.jpg―

添付の画像を表示する。

「何だ、これは」

明らかなフェイク画像だった。薄暗い倉庫のような場所で一心不乱に何かを工作している男性。

手にははんだごてが握られている。男性が座るデスクの上には、さまざまな機械部品が散らばっている。背景のスチール棚には工具や、よく分からない部品が無秩序に置かれていた。男性の顔はイルマンさんだが、別の画像からペーストしたものであることは明々白々だ。顔と周囲の明るさが異なっており、身体の大きさと顔の大きさのバランスがまるでとれていない。

下品極まりないいたずらだ。

ぼんやりとした像がはっきりとした姿に変わる。

僕は、調査の方針を決めた。

（五）

表には必ず裏がある――

僕は、まさみの言葉を思い出していた。

件名：Re：追加のご連絡

To：ムハマド・イルマン 様

From：ひきこもり探偵
画像を確認しました。

酷いいたずらだと思います。許せません。

お願いがあります。

仕事で係わりのあるローカルスタッフをリストにしていただけませんか？

外部業者とのやり取りができる社内アドレスを有している人に限ります。

次の情報を分かる範囲で結構です。

　氏名・性別・生年月日・住所・家族の名前・携帯電話の番号・個人のメールアドレス・Circle アカウント
よろしくお願いします。

実行者は、――ひじょうにお粗末な仕上がりではあるが――、画像の加工を行う程度のＰＣスキルを有している。僕は、ＳＮＳを不満のはけ口に使っていると睨んだ。目的は裏アカを発見すること。本アカに、外国人の悪口を書き込んだりはしないだろう。狙うは Circle。裏アカが多数登録されている。
表には必ず裏がある――

氏名・性別・生年月日・住所・家族の名前・携帯電話の番号、等々。ユーザー名にこれらの情報の断片が含まれている可能性がある。イルマンさんにリストの作成を依頼したのはそのような理由からだ。

イルマンさんからの返信は早かった。一時間ほどでメールが返ってきた。メールにはエクセルで作成されたリストが添付されていた。開いてみる。対象者は男性二名、女性三名の合計五名。残念ながら、すべての項目は埋まっていなかった。まあ、でも、何もないよりはいい。

上から順にいこう。まずはこの人から。

水谷哲郎――。メールアドレスが判明している。Circleアカウントを立ち上げ、アドレス検索をかける。本来は友だちを見つけるための機能だ。捜している相手が、メールアドレスを検索対象として許可していれば、アカウントがヒットする。

あった。しかも、アカウントは二つ。

どちらかが本アカウントで、どちらかが裏アカウントだ。

「こっちが裏アカかな?」

どうも水谷氏は、男性アイドルのファンのようだ。CDや写真集を盛んに購入している。フォロワーも結構いる。大半が女性のようだ。男性が男性アイドルに入れあげる。恥ずかしいのか。だから、裏アカなのか。もう少し、投稿を読み進める。

これは？

薄暗い一枚の画像が表示されている。テーブルにウイスキーのボトルと銀色のアイスペール。そして、水割りのグラスが二つ。撮影者と同じテーブルに座る相手の下半身が写っている。その主が身につけているのは、チャイナドレスだ。大きく割れたスリットから、脚が太ももまで露出している。しかし、その足はゴツゴツしていて、女性のものとは思えない。水谷氏がフォローしているアカウントをチェックする。飲食店と思われるアカウントをいくつか発見。そのうちの一つにアクセスしてみる。

《アゲアゲクラブ》

女装した男性たちのどぎついヘッダー画像が現れた。

ゲイバーだった。

《黒ひげ男爵》

《バーかつみ》同類の店をいくつもフォローしていた。

LGBTという言葉が少しずつ市民権を獲得しつつある。社会が多様性を模索するようになっても、やはりこうした性指向にはまだまだ偏見がある。ちなみに僕はまったくないけどね。だって、僕も彼らと同じマイノリティーだから。

水谷氏の裏アカには、人種差別的な発言は一切、見当たらなかった。

次。

谷口鞠子――。Circleアカウントが入力されていた。早速、アクセスしてみる。投稿内容はいたって普通。同僚の結婚を祝う言葉、友だちとの楽しい食事の様子に人種差別の気配は感じられない。まさみのように、はつらつとした若い女性をイメージした。不信なものを感じなかったので、次の人物に行こうと思ったが、一応、フォロワーをざっと眺めることにした。

おや？　これは……。

TAKUYA_LOVE_0721というユーザーが含まれていた。

イルマンさんから送られてきたリストを確認する。

やっぱり。

0721――。七月二十一日。谷口鞠子の誕生日だ。TAKUYA_LOVE_0721のアカウントを開く。そこには暗くて重い、心の澱《おり》が垣間見えた。

このアカウントのユーザーは、ホストクラブにハマっていた。タクヤというホストがお気に入りで、相当なお金をお店に落としている。しかも、給料だけでは足りず、借金を繰り返していて、カードローンの残債はすでに百万円を超えているらしい。

この人は、谷口鞠子さんなのか？　裏アカが本アカをフォローしているというケースはままあることだ。どちらにしろ、イルマンさんの調査には関係がなさそうなので、これ以上、深追いするのは止めることにした。

他人の闇を覗いてしまったからだろうか、気が滅入ってきた。

いくつかの疑問が次々と浮かんできた。イルマンさんの窮地を救うという大義名分だけで、人の秘密を暴いてしまうような調査が許されるものなのだろうか。それに、イルマンさんを悩ませている張本人が特定できたとして、それで問題を解決できるのだろうか。イルマンさんは何をするつもりなのか。

この調査は、受けるべきではなかったのかもしれない、と思い始めた。

（六）

翌日以降も迷いながら調査を続行した。

続く女性二名については何も引っかからず。本アカウントすら見つけられなかった。

最後の一人。菱本一馬——。

リストでは三番目の人物だったが、調べるのを最後にしていた。最も情報が少なかったからだ。

分かっているのは、氏名・性別・市区町村までの住所だけ。情報が少なすぎて、何をしていいか分からない。すでにリストの調査を始めて三日が経っていた。

僕は気分を変えるため、一旦ＰＣを閉じ、一階に下りた。煮物のいい匂いが鼻腔をくすぐる。肉じゃがかな？　筑前煮かな？　キッチンに母が立っている。

「今日の晩御飯、何？」

「大根と手羽の煮物」

予想は見事に外れた。

せわしなく料理をする母に僕は話しかけた。

「母さんにも人に言えないようなことってあるの？」

「何よ、突然」

「人には、表の顔と裏の顔があるでしょ。母さんにもあるのかなって思って」

母が作業の手を止めた。

「あるわよ」

「あるの？」

「あるわよ」

「教えてよ」

「教えないわよ」

「教えたら、裏の顔じゃなくなっちゃうでしょ、それにあなた、驚くわよ」と母。気になる。でも強情な母が教えないと言った以上、詰問しても無駄なことだ。

リビングのソファに腰を下ろし、テレビを点ける。別に観たい番組があるわけではない。ただ何となく。時刻は午後七時。どの局もバラエティ番組ばかりだ。

僕は、バラエティが好きではない。皆が笑っている場面で、僕は笑えない。特に危険なシーンになると顔を背けたくなる。お笑い芸人さんが熱湯をかけられたり、若いタレントさんが落とし穴に落とされたりしている様子の何が面白いのか分からない。だって危ないでしょ。他人に酷いことしちゃ駄目だよ。

定型発達の人は僕たち自閉症を普通の人じゃないと考えているようだけど、僕には定型発達の世界こそ歪んで見えるのだ。

僕は結局、点けたテレビをすぐに消した。

食事が始まる。母から今どんなことを調べているのか、と聞かれたが、答える気にならなかった。他人の裏の顔を覗いてしまったことで、僕の心は少々落ち着かなくなっていた。

早々に食事を終わらせ、部屋に戻る。

最後の対象者をどのように調査するか、アイデアが浮かばない。

僕は、ネッ友さんにメールをすることにした。彼なら――会ったことがないので分からないが、たぶん男性だ――、何かアドバイスをくれるかもしれない。メールソフトを立ち上げる。はじめに長文になることを詫びる。イルマンさんからの依頼の内容と、現在の調査状況について、特に最後の一人に難渋していることを順序よく書く。そして、調査の継続について悩んでいることも。

送信ボタンを押すと、すでに時刻は十時半。
お風呂に入り歯磨きして、麦茶を飲み、寝ることにした。

翌朝、起きると、すぐにメールをチェック。
やっぱり来ていた。ネッ友さんの返信はいつも早いのだ。

件名：Re：外国籍の方からの調査が難航中
To：ひきこもり探偵 様
From：ネッ友
メール、拝見しました。
Circleにはいろいろな検索機能があります。
ワード検索（今回だったら、イスラムとか？）と地域検索を組み合わせれば、書き込みをかなり限定できるのでは？

発信時期による検索（since 機能、until 機能）などを使えば更に絞り込めます。

検索の種類と方法はググればすぐに分かるはずです。

あと調査継続のこと。

悩ましいですね。

このような調査は、個人情報保護の観点からも問題があると思います。

即、法的なトラブルになるとも思いませんが、倫理観を持って行動してください。

調査で判明したことは絶対に他人に話さないことですね。

イルマンさんに伝えるのは依頼に関係することだけにしましょう。

健闘を祈ります。


なるほど、そんなにいろいろな検索機能があるのか。使えそうだ、そして、後半のアドバイス。もやもやとした気持ちが雲散し、晴れ間が見えた。ありがたい。

やはりネッ友さんは頼りになる。

手早く朝食を済ませ、ＰＣに向かう。

Circle　検索機能　使い方――検索。

なんだ、こんなに簡単なのか。

早速、Circle にログインし、検索画面を表示する。

えーと、菱本一馬さんの住まいは？　神奈川県足柄上郡開成町か。

Word：イスラム , and Geo：神奈川県足柄上郡開成町――検索。

五百件ほどの書き込みがヒットした。

しらみつぶしに調べるにはちょっと多いな。イルマンさんが小田原に配属になったのは、確か二年前の四月だったはずだ。

よし、もう一度。

Word：イスラム , and Geo：神奈川県足柄上郡開成町 , and Since：2009.4.1――検索。

検索結果を七十件ほどに絞ることができた。

（七）

ヒットした書き込みを一件一件、開いてみた。最初の数件はすべてイスラム国に関するものだった。

〈イスラム国がシリアでの活動を拡大しようとしている模様〉
〈イスラム過激派組織が相次いでイスラム国への忠誠を表明。影響力を広げている〉
〈戦闘力維持のため、SNSを通じ戦闘要員を国外からリクルート。日本人も⁉〉

同じユーザーによる書き込みだった。どのような仕事をしている人かは定かではないが、中東情勢のウォッチャーのようだ。いずれも客観情報だ。

こうした情報に触れた人々のなかに――投稿者の意図に反して――「イスラム教徒＝過激派」という誤ったイメージが形成される。それは肥大化し、いつしか偏見と差別を生む。人の悪しき側面だ。

先入観。

それは人が進化の過程で獲得した特殊な能力だ。例えば、この森には危険な獣が潜んでいるに違いないとか、派手な色をしたキノコにはきっと毒があるとか。そうした先入観を持つことで、個体は生存確率を高めたはずだ。人が長い年月で獲得してきた遺伝的な特性はそう簡単には変化しない。私たちの遺伝子はサバンナに住んでいる頃のものだ。現在は、力のある猛獣に怯え、素足で野を歩き回っていた時代とは違う。人が住む社会とそこを取り巻く人間関係は、はるかに複雑になっていて、先入観が持つ負の側面が強まっているのだ。

人類は次のステップに進まなくてはならない。そう僕は考えた。

探索を進める。

半分ほどの書き込みを確認したが、目的のものは見つからない。

あと少し頑張ったら一度休憩しよう。そう思ったときだった。ある書き込みに目を見開く。高電圧の電流が身体全体を貫くような衝撃。

〈職場のマレーシア人むかつくんだよね。顔見てるだけで吐き気がする。イスラム死ね！〉

下品な言葉遣いだ
ユーザー名は、THX1138_K。アカウントにアクセスする。

〈今日は早番。朝からにっくきマレーシア人と同じ時間の出社になった。挨拶してきたけど、聞こえないふりして無視してやったぜ〉

早番があるということは、遅番もあるということだろう。ホテル勤務ならありそうな勤務体系だ。だからといって、この主がイルマンさんの関係者であるとは、今の段階では断言できない。

他にこの主とイルマンさんを繋ぐ糸はないか。

他の書き込みを次々、チェックする。

あった！

〈今日、グローバルの奴らは東京で研修。昼ご飯はフレンチだってさ。俺の昼ご飯は今日も５００円のから揚げ弁当さ。なんなんだ、この差は〉

グローバルの奴ら――

イルマンさんは自身が、グローバル採用だと言っていた。あとこの書き込みの日付。

2010.10.5――

この日に研修が実施されていたかをイルマンさんに聞けばいい。

もう少し、書き込みを眺める。

外国籍の同僚への不満、職場への不満をまき散らすなかに、時おり映画の話題が書き込まれていた。しかも古い映画の話題が多い。『アニーホール』『真夜中のカーボーイ』『アメリカン・グラフィティ』……。僕も映画は結構観ているが、知らない作品名ばかりだった。検索してみると、いずれも六十年代から七十年代にかけての名画のようだ。Wikipediaで検索。

『アニーホール』――。

一九七七年の作品。監督・主演はウディ・アレン。米アカデミー作品賞を受賞。ウディ・アレンは現在も活躍中の人なので。もちろん認知していたが、この作品のことはまったく知らなかった。

あれ？　僕、完全に脱線していない？

でも、ちょうど休憩しようとしてたんだから、いいか。

『真夜中のカーボーイ』――。

一九六九年の作品。監督はジョン・シュレシンジャー。主演はジョン・ヴォイトとダスティン・ホフマン。アメリカン・ニューシネマの傑作。アメリカン・ニューシネマとは、六十年代から七十年代にかけて勃興したムーブメントのことで、僕も何作品か観ている。社会批判の視点が作品のベースにあり、物語はハッピーエンドでは終わらない。この作品もそのようだ。僕は、そんな予定調和でない世界観が好きだ。

『アメリカン・グラフィティ』――。

一九七三年の作品。監督は……。なんだ、『スターウォーズ』の生みの親、ジョージ・ルーカスじゃないか。若い頃に、こんな青春映画を撮っていたなんて意外。ジョージ・ルーカスのページに飛ぶ。あ、僕としたことが。調査中にネットサーフィンが始まってしまった。でも、止められない。

略歴や受賞歴をさっと読む。そして、主な作品へ。

おや、これは？　『ＴＨＸ１１３８』という作品が載っていた。これも初耳の作品だ。調べてみる。ＳＦ映画だ。後に劇場用の長編にリニューアルされたようだが、元は大学生のときに撮った二十数分の短編だった。この作品が認められて、メジャーデビューへと繋がった。

Circleに戻る。調べていた主のアカウント名は……。

THX1138_K。

THX1138は他のユーザーがすでに使用していた。そこで「_K」を付けたというところだろう。Kは一馬のＫか？

「この人、相当な映画マニアだな」

（八）

件名：確認事項
To：ムハマド・イルマン 様
From：ひきこもり探偵
確認したいことがいくつかあります。
昨年の十月五日、イルマンさんは会社の研修に参加していますか？
会場は東京でしたか？
その際に供された昼食はフレンチでしたか？
あと、菱本一馬さんは映画マニアですか？

今日は週末だ。普通の勤め人なら休日のはずだが、イルマンさんの職場は三六五日、二十四時間、動いている。週末にお休みができることはほとんどなく、月に何度か夜勤もあるそうだ。したがって、メールの返信がすぐに来るかどうかは分からない。

メールを送信したのは早朝。待たされると覚悟したものの、返信はその日の昼前に届いた。

件名：Re：確認事項
To：ひきこもり探偵 様
From：ムハマド・イルマン
お問い合わせの件、回答いたします。
昨年の十月五日は、確かに東京で行われた研修に参加しています。
会社が用意してくれた食事はカジュアルフレンチでした。
最後の質問については、菱本とプライベートな会話をしたことはなく、不明です。
こちらでお答えになっていますでしょうか？

僕はすぐにお礼のメールを返した。

研修の一件をもって、THX1138_Kがイルマンさんの職場関係者であるのはほぼ確定のようだ。

ただし、このユーザーが菱本一馬であるとは言い切れない。念のため、菱本一馬以外のリスト掲載者の住所を確認する。菱本一馬以外に、足柄上郡開成町に住んでいる者はいない。

小腹が空き、冷蔵庫を漁りに一階に降りる。普段、整然としたリビングのそこかしこに荷物が散乱している。一瞬、泥棒でも入ったのではないかとギョッとする。僕が茫然と立ち尽くしているると、背後から母の声。

「ちょっとどいて」

振り返ると、大きな段ボールを抱えた母が立っていた。

「何してるの？」

「断捨離」と母。

無駄なものは持たない、が母のモットーなのだ。

「油断していると、あっという間に物って増えるわよね」

そう言いながら、持ってきた段ボールの中身を仕分け始める。

母の手が止まる。

「そうそう、古いアルバムが出てきたのよ。見る？」

「僕の？」

「そう、あなたの」

「うん、見る」

僕の幼少期の記憶は曖昧だ。だから僕は、他者からの情報で自分の歴史を埋めている。重たいアルバムに僕の歴史が詰まっている。膝に載せる。高級感のあるアルバムだ。

物を増やすのが嫌いな母は、仕事の書類はＰＤＦにしてＰＣで管理し、本はすべて電子書籍だ。ところが、僕の写真だけはなぜか印刷したがる。不思議だ。

焦げ茶色のしっかりとした表紙を開く。最初の写真は生まれてすぐの様子。撮影場所はたぶん病院だ。満面の笑みで小さな僕を抱く祖母。うーん、僕は祖母に似ているのかもしれない。

ページをめくる。遊園地で父母と一緒に撮った写真。この頃はまだ父と暮らしていたのだ。父の記憶も僕にはほとんどない。母はあまり父について多くを語らないため、僕は父のことをよく知らない。

「これ、何歳？」

「たぶん、二歳」

食事をしている僕、歯磨きしてもらっている僕、お風呂に入れてもらっている僕。生活の様子が記録されている。どの写真の僕も表情がない。自閉症たる所以《ゆえん》か。

「まさみちゃんと写ってる写真もあるわよ」

「えっ？　どこ？」

母がつかつかと近寄ってきた。僕の膝の上のアルバムをめくる。

「これこれ」

母が指差した写真を見る。僕の横に僕と同じくらいの身長の少女がいる。たぶん、まさみだろう。そして、もう一人、まさみの横に僕らより小さな女の子が写っている。立ち姿がぎこちない。たぶん、まだ歩けるようになったばかりなのだろう。

「この小さな子は誰？」と僕は母に尋ねた。

「それ、まさみちゃんの妹よ」

「え？　彼女、妹いたっけ？」

「いないわよ」

「どういうこと？」

「亡くなってるの」

「へー、知らなかった」

仲良くなったつもりだったが、彼女についてまだまだ知らないことがあるもんだ。

そのときは他人なんだから、そんなもんか、としか思わなかった。

（九）

イルマンさんから調査を大きく前進させるメールが届いたのは翌日の夜のことだった。

件名：Re: Re: 確認事項
To：引きこもり探偵 様
From：ムハマド・イルマン
菱本の件、参考になるか分かりませんが、念のためご報告いたします。

デスクの上を仔細に観察しました。

雑然としており、これまでは細かな点に注意を向けることがありませんでしたが、よく見ると、ロボットのフィギュアが何体か置かれていることに気づきました。

そのうちの一つは映画『スターウォーズ』に登場するR2-D2というロボットでした。

他の物はよく分かりません。

ご確認いただくため、写真を撮りましたので、添付します。

何かの参考になるでしょうか？

―添付ファイル：ING_456152.jpg―

添付ファイルを開く。確かにデスクの上は散らかっていた。雪崩《なだれ》を起こすのではないかと心配するほどに、書類が山積みになっている。書類の山を背に三体のロボットが鎮座していた。真ん中の一体は、イルマンさんの指摘通り、シリーズを通じ登場する愛らしいロボット、R2-D2だ。シリーズ全六作品をまったく観ていない僕でも、このロボットのことは知っている。残りの二体も『スターウォーズ』の世界観でデザインされているようではある。

スターウォーズ　ロボット　一覧——検索。

『スターウォーズ』に登場するロボットを紹介するサイトが見つかった。おびただしい数のロボットが紹介されていた。作品中でこれらは、ドロイドと呼ばれているようだ。該当のものを捜す。まず一つが見つかる。

バズ・ドロイド——。二つに割れた球状のカプセル。蜘蛛《くも》のような細い脚が複数ある。クローン大戦後に分離主義同盟が実戦配備したもの、との説明が付されていた。さっぱり意味が分からない。

更にもう一体を捜す。少々時間を要したが、こちらも見つかった。

DD-13——。細長い身体つき。三本の脚と作業用の手が二本。医療用ドロイドで、皇帝の外科再生センターで働く、との説明文。これまたよく分からない。

『スターウォーズ』第一作の公開は一九七七年。ＳＮＳに投稿されていた映画たちの製作時期と重なる。そして、職場に置かれたフィギュアは、菱本氏が『スターウォーズ』シリーズのファンであることを物語っている。そして、その生みの親ジョージ・ルーカスが学生時代に作った短編映画のタイトルが『ＴＨＸ１１３８』。

Circle ユーザー THX1138_K の正体は、菱本一馬である可能性が高そうだ。

早速、イルマンさんに報告を……。

待てよ。イルマンさんにどこまで知らせるべきか。調査の経緯を説明するとして、発見した Circle アカウントの存在を伝えるか？　あの書き込みの数々を見たイルマンさんはさぞ気分を害すことだろう。それに他人の裏の顔を覗かせてしまうことにも抵抗感がある。

おや？

そのイルマンさんからメールが来ていた。

件名：先ほどお送りした画像について
To：引きこもり探偵 様
From：ムハマド・イルマン
私イルマンは嫌悪感に苛まれております。
何と、はしたない行為をしてしまったのでしょう。

公の場であるとはいえ、他人のデスクの上を盗み撮りするなんて！
自分可愛さのあまり、正しい判断ができなくなっていました。
清廉潔白に生きて来たつもりでしたが、
今回のことで弱い自分がいることに気づきました。
あなたに調査を依頼したことも正しかったのかどうか、
確信が持てなくなっています。

イルマンさんの苦悩がよく分かる。なぜなら、僕も同じジレンマに悩んでいるから。他人の感情にこんなにも共感したのは生まれてはじめての経験ではないかと思う。イルマンさんに何か言うべきことがあるような気がするが、うまく頭のなかを整理できない。それでも、メールは返さなければ。

件名：Re：先ほどお送りした画像について
To：ムハマド・イルマン 様
From：ひきこもり探偵
イルマンさんのお気持ち、よく分かります。
僕も調査の過程でいろいろ悩みました。

結果だけをお伝えします。

一連の悪質ないたずらは菱本一馬氏によるものである可能性が濃厚です。

調査のプロセスについては聞かないでください。


メールの最後に証拠となるCircleのアカウント——THX1138_K——を添え、送信ボタンをクリックする。

結局、こんな短いメールになってしまったが、本当はもっと言うべきことがあったのではないかと思った。所詮、僕のコミュニケーション・スキルはこの程度のものなのだ。

自己嫌悪——。

このメールを受け取ったイルマンさんは、この後、どんな行動をとるのだろうか。それは報復だろうか、和睦だろうか。

（十）

「これなんかどう？」

「いいんじゃない」

「こっちは?」

「うーん、いいんじゃない」

「ちょっとー、まじめに考えてくれてる?」

ここは小田原市内にある商業施設、ダイナシティ。入学式に着るスーツを買いに来たまさみについてきた。もちろん自発的にではない。

「今度の日曜、買い物につきあってよ。暇でしょ」

確かに暇でございますよ。

まさみは先ほどからブラウスで迷っている。白地のオーソドックスなものは着たくないようで、ピンク地のものや、襟がフリルになっているものなどを、あれこれ物色している。手に取るたびに僕に意見を求めるわけだが、ファッションセンスなどという気の利いたものなど持ち合わせていない僕には、何のアドバイスもできないのだ。

結局、二時間ほど歩き回って、やっと買い物は終わった。

「結構、歩いたね。お茶でも飲んで休憩しようか。つきあってくれたからご馳走するよ」

ということで、ダイナシティ一階にある全国チェーンのカフェに入った。

僕はブレンドコーヒーをブラックで、まさみはカフェラテをそれぞれ注文する。

まさみが頼んだカフェラテの表面には泡でハートが描かれていた。それをスプーンでゆっくりと崩しながら、大学の話を始めた。

入学式は四月七日の木曜日。結局、下宿はしないことにしたそうだ。通学に時間がかかるのでは、と聞いてみたところ、新幹線通学をするという。在来線だと、一時間半以上かかるところ、小田原から品川まで新幹線を利用するとちょうど一時間になるのだとか。僕としては、まさみが近くにいてくれるのはとても嬉しい。

大学のことが一通り済むと話は、当然のごとく今回の調査の件に移った。

僕はいたずらの張本人を特定するまでの過程を順に説明した。仔細に話したが、リストにあった人たちが開設していた裏アカのことだけは省いた。結論には無関係の事実だし、人のプライバシーに踏み込んだ話題なので、公言するのが憚られた。知ってしまったことだけでも後ろめたい気持ちなのだ。

「イルマンさんはどうしたんだろうね」

「その後、連絡がないので分からない」と僕は答えた。

表には必ず裏がある――

僕は、調査の最中にまさみの言葉を繰り返し思い出していた。人には裏の顔がある。それは普通のことなのだろうか。そういえば、母も裏の顔があると言っていた。ならば僕自身はどうだろう？　裏表があるようには思えない。やっぱり僕は普通ではないのか。

一時間ほどカフェで休息し、まさみの運転する車で僕の家に向かった。母からまさみを連れてくるよう言われていた。入学祝いを用意しているようだ。

「おばさーん、こんにちはー」

スニーカーを脱ぐことに手間取っている僕を尻目に、まさみはさっさと家に上がる。僕がリビングに入ったときには、すでにプレゼントの贈呈が行われていた。

「まさみちゃん、おめでとう」

母はそう言いながら、掌サイズの小さな包みをまさみに渡していた。

「ありがとう。開けてもいい？」

「もちろん」

まさみは、高級感のある花柄の包装紙を豪快に破った。なかから出てきたのは、ネックレスだった。

「スワロスキー？」

「そう。ホワイトゴールドよ」

「シルバーじゃないんだ」

「まさみちゃん、肌が弱かったわよね。これ、アレルギーフリーだから、安心してつけてね」

まったく話についていけない。

女性たちの意味の分からない会話をしばらく聞いた後、僕とまさみは二階に上がった。まさみは僕の部屋に入るなり、やっぱりここ落ち着くと言って、床に座り足を延ばした。

「私ね、みつるくんといるのが大好きだった」

そんなこと言われても……。

「うん」

相槌を打つのがやっとだった。

なぜ、人は人に好意を抱くのだろうか。僕の疑問を見透かしたように、まさみが言う。

「みつるくんは優しかったから。今でもそうだけど」

「えっ？　そうなの？」

「そうだよ」

そうなのか。僕は優しいのか。

「小さい頃から、みつるくんは私に優しかった」

そう言われても、残念ながら僕の記憶のなかにまさみはほぼ存在していない。

「ごめん、昔のこと全然覚えてないんだ。この前も言ったけど、まさみちゃんとのことで思い出せることといえば、手を繋いで夕日を眺めていた記憶だけ。薄っすらとしか覚えてないけど、たぶんまさみちゃんは泣いていた」

「あのときだね」

あのとき?

やはり僕は、彼女の涙の理由を知りたい。

「なんで、泣いてたの?」

まさみが目を逸らした。何も言わない。聞いたらまずいことだったのか。

よし、こういうときは話を変えるのが得策だ。

「ごめん、今の質問は忘れて。ところでこの前、母から古い写真を見せられたんだけど」

まさみの表情がほっとしたように笑顔に戻る。

「まさみちゃん、妹がいたの?」

まさみの表情が再びこわばる。そして、訪れる沈黙。

僕はどうしていいか分からなくなった。

「私ね……」

「うん」

「妹を殺したの」

「……」

第四章　表には必ず裏がある

僕の心はいきなり暗闇に引きずり込まれた。
まさみの裏の顔は殺人鬼？

第五章　ひきこもり青年の疾走

（一）

二〇一一年三月上旬。

「何、その青白い顔。幽霊でも見ましたって感じよ」

「そうね。そんな感じ」

まさみの衝撃的な告白のせいだ。何日経っても動揺が続いている。

「じゃあ、出かけて来るからね」

「うん、いってらっしゃい」

気のない返事で仕事に行く母を見送る。

私、妹を殺したの――

結局、まさみはそれ以上、何も語らなかった。僕も何も聞かなかった。というより何も聞くことができなかった。

母に事情を聞いてみようかとも思ったが、止めた。母は、まさみに妹がいて、幼少の頃に亡くなっているのを知っていた。詳しいことを知っているのではないかと考えたのだ。渡瀬家とはずいぶん親しくしていたようだし。でも聞けなかった。まさみが幼い妹を手にかけたという事実は、きっと渡瀬家のなかだけの秘密なのだ。それを他人が掘り返したりしてはいけないと思った。

僕はこの先、壊れてしまった心の均衡をどう修復すればいいのだろうか。

ピンポーン。

来客だ。

僕は、ほっとした。短い間でも、来客に応じている時間、この難しい問題を忘れられる。

急いで玄関へ。覗き穴に右目をあてる。

あれれ？　誰もいない。いたずらかな？

チェーンをかけたまま、恐る恐るドアを開ける。やっぱり誰もいない。

ドアを閉めようとしたとき、下の方から声がした。

「あのー、探偵さんですか」

子どもの声だった。視線を下に動かす。そこには二人の小さな男の子が立っていた。

二人は兄弟だった。兄は五歳、寺本優斗と名乗った。弟は三歳で、名前は晴斗と兄が紹介した。

僕はとりあえず、二人を家のなかに招き入れた。リビングのソファに腰かけるよう促す。大人用のソファは二人には大きすぎた。兄が弟の身体を持ち上げ、座らせていた。面倒見のいい兄のようだ。冷蔵庫に紙パックのオレンジジュースがあった。今朝、開けたばかりだから大丈夫だよね。コップに注いだジュースをリビングに運ぶ。弟の晴斗は、はじめての場所が珍しいのか、床につかない脚をバタバタと動かしながら、キョロキョロと辺りを見回していた。パトカーの玩具を握りしめている。

「どうぞ」

コップを二人の前に並べる。

「オレンジジュースだけどいい？」

「ありがとうございます。僕は好きです。でも弟は酸っぱいのが苦手なので飲めないかもしれません」

兄の言葉づかいはとてもしっかりしていた。

「ごめん、子どもに出せるものが他になくて」

こんな子どもが相手でも僕はおどおどしてしまう。

「いいです。気にしないでください。それより、突然来ちゃってすみませんでした」

大人びた口調で答える優斗。どっちが年上なのか分からない。

「それで、僕にどんな用事？」

いきなり、優斗が深々と頭を下げた。そして、そのままの姿勢で声を張り上げた。

「お母さんを見つけてください。お願いします！」

えっ、人捜し？

こんな小さな子どもから依頼が来るなど想像もしていなかったので、面食らった。

「ちょちょちょ、ちょっと、どういうこと？　お母さん、いなくなっちゃったの？」

兄が大きくうなずく。

「とりあえず、話を聞かせて」

弟が兄の袖を引っ張っている。

「何？」

「これで遊んでいい？」

なぜここに連れて来られたのか、弟の晴斗はたぶん分かっていない。兄が僕に向かって言う。

「弟を床で遊ばせてもいいですか？」

僕は、少し不安になった。実は、小さな子どもが苦手なのだ。高校のときの通学路に保育園があり、その前を通るのが毎日、憂鬱で仕方がなかった。僕は騒々しい場所が好きではない。ひっきりなしに車が行き交う場所や、工事現場など大きな音がする場所は基本ダメ。音楽もヘビメタやパンクなどは騒がしくて嫌い。だから自ら音源を買って聴こうと思うのは、静かで環境に溶け込んでしまいそうな音楽。例えばエリック・サティとか。

ということで、子どもの大きな声は苦手。だから、あんまり騒がないでね。

晴斗は床にゴロンとうつ伏せに寝転ぶとパトカーを走らせ始めた。静かなものである。これなら、心が乱されることはなさそうだ。よかった。

少しの間、僕と優斗は無邪気に遊ぶ幼児の姿を眺めていた。

「話、始めていいですか?」

「いいよ」

兄の話を真剣に聞くために、僕は姿勢を正した。

(二)

兄、優斗の話は筋が通っていて、とても分かりやすかった。きっと、頭のいい子に違いない。

「お正月にお母さんがいなくなりました。一月一日のことです。僕たち普段は八時には布団に入るんですけど、前の夜、お母さんは大晦日だから少し遅くまで起きててもいいよ、って言ってくれました。お父さんとお母さんと僕と弟と四人で、紅白歌合戦を観ました。弟は眠くなって、最後まで観られなかったけど」

兄は優しそうな眼差しで弟を見つめる。

「次の日、朝起きるとお母さんはいませんでした。枕元にはお年玉と手紙が置いてありました。僕、平仮名なら全部読めます。『ゆうとへ　はるとと、なかよくね』と書いてありました。お父さんに手紙を見せると、とても驚いていました。外にお母さんを捜しにいったり、いろんなところに電話したりしました」

辛くなってきたのだろうか。優斗は下を向いてしまった。

「大丈夫？」

「大丈夫です。ごめんなさい。晴斗はずっと泣いていました。『ママ、どこ？』って。晴斗は朝起きたときと、夜寝るとき、近くにお母さんがいないとダメなんです。僕も悲しかったです。次の日、お母さんのお祖母ちゃんが家に来ました」

「お母さんのお祖母ちゃんって、つまり、優斗くんのお祖母ちゃんってことでいいんだよね？」

「はい。そうです。続けていいですか？」

「うん、お願い」

「お祖母ちゃんは、僕たちをぎゅってしてくれて、『ごめんね、ごめんね』って何度も言いました。

僕は、なんでお祖母ちゃんが僕たちに謝るのか分からなくて、『どうして、謝るの？』って聞いたけど、やっぱりお祖母ちゃんは、『ごめんね』としか言いませんでした。お祖母ちゃん、泣いていました。それを見て、なんだか僕も悲しくなって、涙が出ました。

「次の日、お父さんから、お母さんは遠いところに仕事に行ったから、しばらく帰ってこられなくなった、と聞きました。僕が、『遠いところってどこ？』と聞くと、『外国だよ』とお父さんは言いました。『僕も行きたい』と言うと、お父さんは少し困った顔をして、『そうだね。いつか行こう』って言いました」

僕は、優斗の話を、うんうんと頷きながら聞き続けた。

「僕たち、お母さんに会いたいんです。お父さんに聞いても、お母さんのいるところを教えてくれないから、調べてもらいに来ました。よろしくお願いします」

兄の優斗が再び頭を下げた。気づけば、弟の晴斗も遊びの手を止め、僕を見つめていた。

四つのつぶらな瞳。これは断れないよね。

「分かったよ。お母さんを見つけてあげる」

二人がそろって笑った。笑顔が素敵な兄弟だなと思った。

「あのー、これ」と言いながら、優斗がアンパンマンのぽち袋を上着のポケットから取り出した。袋はパンパンに膨れている。

「何これ？」

「お金」

「お金？」

「だって、探偵さんってお金かかるんですよね？　貯めてたお年玉です。これで足りますか？」

僕は声を上げて笑ってしまった。子どもって面白い。僕が笑っている姿を見て、晴斗もケラケラと笑い出した。つられて優斗も笑い出す。笑いは電波するのだ。

「要らないよ。僕、お金もらってないの」

「どうして？」

優斗の質問に、僕は即答できなかった。なんで僕はお金にならない人捜しを一生懸命やっているのだろうか。

「うーん、どうしてだろうね」

「楽しいからじゃなーい」

晴斗の声だった。少し馴染んできたのだろうか。はじめてしゃべった。

楽しいから、僕は人捜しをしている——

確かにそうなのかもしれない。凄いじゃないか、三歳児。

それにしても、この子たちはどうして僕のことを知っているのだろうか。

「君たち、誰からの僕のことを聞いたの？」

「ゆうこおばあちゃんから」

ゆうこ？　わが師、優子先生か？

「君たち、お家はどこ？」

「真鶴町《まなづる》」

優子先生が住んでいるところだ。

僕は、母の方針で義務教育を一切受けていない。自閉症を抱えた僕が、学校で定型発達の子たちと同じように学び、生活することはできないと判断した母は、指導者を自宅に招き、ホームスクーリングを始めた。義務教育期間中の九年間、自宅での勉強を支えてくれたのが優子先生だ。本名は立花優子。元小学校の先生で、今は七十のおばあちゃんだ。

「ゆうこおばあちゃん、僕のこと何て言ってたの？」

「人捜しのプロがいるって」

「あっ、そう」

ホーム・スクーリングを卒業してだいぶ経つが、優子先生は、今でも僕のことを気にかけてくれているのだ。

そうだ、母親捜しのための情報は、優子先生から聞き出すことにしよう。

（三）

根府川駅で下り電車を待つ。目指すは隣町、優子先生が住んでいる真鶴町だ。

昨日、電話で久しぶりに会いたいと伝えると、快諾してくれた。

「毎日が日曜日みたいなものだからね。いつでもいらっしゃい」と言って、笑っていた。

寺本兄弟が訪問したことも伝えた。優子先生は驚いていた。

「そうか。みつるくんのところに相談に行ったか……」

しばらく、続く言葉を待ったが、優子先生はそれ以上、何も言わなかった。

二羽の雀がホームに舞い降りてきた。仲良く並んで、ホームを散策する。だいぶ寒さも和らぎ、鳥たちも嬉しいに違いない。

電車がやって来た。五両編成の電車が、無人駅には似合わない長い長いホームに滑り込む。僕は、雀たちを目で追いながら、列車に乗り込んだ。

真鶴駅は、根府川駅からは一駅だ。乗車時間は、およそ五分。僕は海側のドアの前に立った。流れゆく風景を車窓から眺める。

優子先生の家は、真鶴駅を降り、県道七三九号線に沿ってすぐのところにある。優子先生は僕のために九年間、この道を通ってくれた。それこそ雨が激しく降る日も、炎天下で汗だくで歩いた日もあっただろう。僕が同じことをやれと言われたら、きっとできない。

優子先生の家は白を基調にした、メルヘンチックな一軒家だ。先生はここに一人で住んでいる。玄関前に立ち、呼び出し用のチャイムを鳴らす。ドアの向こうから、軽やかな足音が聞こえて来た。玄関が開く。

「いらっしゃい。久しぶりね」

優子先生は、かくしゃくとしていて、年齢よりだいぶ若く見える。

先生の招きに従って、応接間に入る。古い家なので、リビングルームはない。一階にあるのは、この応接間とダイニングスペースだけ。二階にも部屋が二つあるそうだが、立ち入ったことがないので、どのように使われているか知らない。

優子先生の家には何度も遊びに来たが、いつも通されるのはこの応接間だ。その見慣れた場所に、大きな異物が鎮座していた。

ホワイトボード——。

この家の家具はどれもアンティック調で、色とデザインが全体に調和している。そこにホワイトボードである。周囲から完全に浮いている。

「先生、これは？」

「これね。近所の子たちにここで勉強教えてるのよ」

「塾をやってるってことですか？」

「塾ねえ。ちょっと違うかな」

「預かってるのは、みんな発達障害を抱えた子たちなの」

「僕みたいな子たち？」

「そうね。あなたのような子もいるわね……」

優子先生は一旦、そこで言葉を止めた。

「ゆっくり座って話しましょう。紅茶でいいわね」

本当はコーヒーの方がいいのだが、そんなことは言わない。優子先生は紅茶が大好きなのだ。

優子先生が戻って来るまでの間、しばしホワイトボードを眺める。指導の跡が消されずに残っていた。正方形、長方形、平行四辺形、台形、ひし形。図形の下にその名称が書かれていた。僕の視線は、ホワイトボードの隅で止まった。

「薔薇」「檸檬」――。

難しい漢字が書かれている。子どもが書いた字のようだ。

優子先生が、紅茶を淹れたポットとティーカップをお盆に載せて戻ってきた。僕の視線がホワイトボードの一点にくぎづけになっていることに気づくと言った。

「この子は小学六年生。もう三年くらい学校行ってないのよ。認知機能に偏りがあって、言葉を上手に覚えられないの。何回教えても、平行四辺形と台形の名前を間違える」

優子先生は笑っていた。決して責めるような口調ではない。

「でも視覚情報を記憶するのは得意で、こんな難しい漢字もすぐに覚えてしまうの。すごいでしょ。この子も障害を抱えていて、学校には馴染めなかったの。こんな才能があるのにね。障害があっても、すべてが駄目なわけではない。あなたがそうであったようにね」

すべてが駄目なわけではない——。

本当にそうだろうか。僕はもう二十歳だ。そして、ニートだ。生活能力なんてまるでない。これからどうやって生きていけばいいのかも、よく分からない。駄目だらけだ。

「子どもの発達障害は世界的に増えているの。原因は分からない。学校は、そういう子たちを扱いあぐねている。学校生活に適応できなくなる子がたくさんいる。こんなことで、学びの機会が奪われるなんて、哀しいことよ。私は、その子が持っている良さを見つけてあげたいのよ」

優子先生には迷いがない。ぶれない何かがある。

「先生。立派です」

優子先生は、カップに紅茶を注ぎながら言った。

「ささやかなことでも社会と関わっていないと、生きている気がしないから」

優子先生の言葉が、僕のなかで重く響いた。

先生の話をもっと聞いていたいと思ったが、今日はあの兄弟のことを聞きに来たのだ。時間は無駄にできない。

僕は優子先生に向かって言った。

「今日は、寺本優斗、晴斗兄弟の話を聞きに来ました」

「そうだと思ったわよ」

優子先生の目はいつでも優し気だ。

(四)

「もしかして、お母さんを見つけてほしいって？」

「はい」

「あ、そう……。私のせいだわね。ごめんなさい」

「先生、なんで謝るんですか？」

「そうね。説明しないと分からないわね」と穏やかな口調で言う。紅茶を一口含む。

「あなたは私の自慢の子よ」

なんだ、いきなり。

「だから、誰彼構わずに、あなたの自慢話をしてしまうの。あの兄弟にもそう。隣町に凄いお兄ちゃんがいるのよ、ってね。人捜しの天才がいるって言ったら、とても興味を持ったみたいだった。住んでいる場所とか、年齢とか、いろいろ質問された。でも、まさか母親を捜してほしいって相談に行くとは思わなかった。本当にごめんなさいね」

優子先生は恐縮しているようだったが、僕は迷惑だとは思わなかった。むしろ嬉しかった。ホーム・スクーリングが終了して、すでに五年が経過しているが、優子先生は、今でも僕のことを想ってくれているのだから。

自慢の息子――。

母が、僕の指導を頼んだとき。優子先生は、「自分の息子を育てるつもりでやります」と言った。先生は息子さんを病気で亡くしている。不謹慎なことだが、そのおかげで僕は、優子先生の愛情を独り占めできたのかもしれない。そう、僕には二人の母がいる。少々気性が激しいが、とても頼りになる実の母と、知性があり、愛情深い育ての母とが。

「で、依頼は受けてないわよね？」

「えっ？　受けました」

優子先生はのけ反った。

「まあ、どうしましょう」

「まずかったですか？　可哀そうよ。二人とも可哀そうだなって思ったから」

「それはそう。可哀そうよ。五歳と三歳の子どもの元から突然、母親が消えたんだから。でもね、あの子たちの母親を捜してはいけない」

頭のなかがゴチャゴチャしてきた。どういうことなのだろう？

こういうとき、いつも優子先生は僕の混乱を察してくれる。

「小さな子どもの話から、大人の複雑な事情を類推するのは難しいわね。じゃあ、事情を説明します。他人の家のことなので、第三者に話すのは本当はよくないことだけど、仕方ないわね。

「あのね……」

深刻な話しが始まりそうな雰囲気だ。僕は唾をごくりと呑み込んだ。

「優斗くん、晴斗くんのご両親は離婚したの」

あゝ、もっと頭がゴチャゴチャしてきた。

「彼らのお母さんは職場の男性と駆け落ちしたのよ」

「お母さんがいるのは外国ですか？」

「子どもたちが言ったの？」

僕はうなずいた。

「それは嘘。お母さんがいるのは国内よ。北の方にいるって聞いたけど、正確な場所は知らないわ。駆け落ちや離婚なんて、小さな子どもには理解できないからね。とりあえずついた父親の嘘。外国だったら、そう簡単に会いにいけないから、子どもたちも諦めてくれるかと思ったらしい。お父さん、泣いてたわよ。子どもたちには嘘をつくような人間にはなるな、って言い聞かせてるんですって。それなのに、なんで僕はこんな嘘をつかなきゃいけないのかってね。

「みつるくん……」

「はい」

「あなたならお母さんを見つけられるかもしれない。でも見つけても、連れ戻せないの。分かるわね？　会わせることもできない」

僕の心を、哀しみが覆った。冷たい涙が頬を伝う。現実はなんと理不尽なのか。寺本兄弟の姿を思い浮かべる。クリクリとした瞳におちょぼ口が愛らしい。二人の顔の造作はとても似ている。父親似だろうか、それとも失踪した母親に似ているのだろうか。彼らには何の落ち度もない。彼らが責め苦を追う理由は何なのだ！　これが神の定めた運命なのだとしたら、僕はその神を罵倒し、殴り倒しているだろう。

優子先生が僕の手をそっと握る。

「あなたはいつも優しい。その気持ちを大事にしなさい」

「先生……」

「何？」

「お父さんに会わせてください」

「えっ？」

「会ってどうするの？」

「調査を正式にお断りします。僕が受けたことだから、僕自身で行かないと」

優子先生は嬉しそうに笑った。

「分かったわ。漁師さんだから、もうそろそろ仕事が終わるころよ。電話してみる。ちょっと待ってて」

腕時計を見ると時刻は午後三時を少し回ったところだった。

優子先生が戻るのを待つ間で、感情の高ぶりもだいぶ収まってきた。

優子先生は五分ほどで戻ってきた。

「あと三十分で帰るそうよ。家はここから歩いて五分とかからないから、時間まではここにいるといいわ。

「紅茶がすっかり冷えちゃったわね。淹れ直してくるわね」

立ち上がりかけた先生を僕は制した。

「紅茶はいいです。それより、先生と話がしたいです」

動きを止めた優子先生が、「分かった」と言って、再びソファに腰を下ろす。

そうは言ったものの、先生と話したかった話題があるわけではなかった。話したいというより、同じ空間にいたかった。ただそれだけのことだったのかもしれない。小さな子どもが母親を求めるように。僕は心のなかで苦笑した。いい歳して。

何も言葉を発しない僕をしばらく見つめると、代わりに話し始めた。

「あなた、頼もしくなったわね。自分からお父さんと話しに行くなんて。ちょっと前のあなただったら、絶対に言わなかったでしょ」

それって、成長したってことですかね？

（五）

僕は、優子先生が描いてくれた地図を片手に寺本兄弟の家を探した。

目的の家は住宅が密集するエリアにあった。小ぶりで真新しい一軒家だった。二階にある出窓を見上げる。アンパンマンが出窓に腰かけ、こちらを見下ろしていた。あそこが兄弟の部屋なのだろう。玄関ポーチに立つ。少し緊張してきた。チャイムを鳴らす。家の奥から「はーい」と男性の少し甲高い声が聞こえてきた。玄関が開き、男性の顔がぬっと現れる。漁師と聞いていたので、屈強で野性味のある男性を想像していたが、現れた男性の姿は想像とはまったく真逆だった。髪型はマッシュルームカット。丸眼鏡をかけている。漁師というよりは、芸術家という感じだ。体型も筋肉でゴツゴツとした感じはなく、むしろ細身でスマートな印象だ。

「こんにちは。八雲と申します」

「はいはい。この度は息子たちがご迷惑をおかけしました。上がってください」

出されたスリッパを履き、廊下の奥にあるリビングルームへと進む。芝が張ってある庭で洗濯物が風にはためいているのが見えた。母親がいなくても、この家の生活は続くのだ。

促されるままに、円形のダイニングテーブルに座る。

「麦茶でいいですか？」

「おかまいなく」

「うち、あまり気の利いた飲物、用意してなくて。子どもが飲むから、麦茶だけはたくさん作ってあるんです」

ニコニコ笑いながら台所に立つ男性に、妻に逃げられた男の悲しみは感じられない。

家のなかは静かだった。

「ご兄弟は？」

「息子たちは今、保育園です。私の母が送り迎えをしてくれています。両親が近くにいてくれたおかげで、仕事を続けることができました。とても助かっています」

父親は僕にさわやかな笑顔を向けた。

僕はまず、兄弟が訪ねてきたときのことを話した。

父親は多弁なタイプではなく、僕の話を黙って聞いた。僕が話しを止めると、二人の間には沈黙が訪れた。なぜか、その沈黙は、不快なものではなかった。

「ご家庭の状況について、立花優子さんから聞きました。ご兄弟には、お母さんを捜してあげると約束しましたが、やっぱりお引き受けしないことにしました。それでいいですか？」

「……」

父親の表情から笑顔が消えていく。

「そうですね。そうするしかないですよね」

僕は、父親がまだ何かを言うのではないかと思い、次に出てくる言葉を待った。

「あいつは僕に愛想をつかしたんです。僕は見ての通りの口下手です。気の利いた夫婦の会話なんてできなかった。気配りができるタイプでもない。たぶん僕に不満があったんです。だから、僕はもういいんです。あいつのことはとっくに諦めています。だから、いなくなってすぐに届いた離婚届にも迷わず、サインをしました。でも、子どもたちには母親が必要です。とくに弟はまだ三歳です。母親が恋しくて、恋しくてたまらないんです。夜、布団に入ると泣くんです。ママがいい、って。ママと一緒に寝たい、って。寝つくまで、背中をさすってやるんですけど、なかなか寝てくれなくて。その横で兄は背中を向けて、寝たふりをしてるんです。たぶん、兄も泣いてるんです。でもあいつは優しいから、泣いてる姿を父親に見せないようにしているんです……」

子どもたちには会わせてやりたい、と絞り出すように言った。そこまでしゃべると力尽きたように動かなくなってしまった。うつむいた父親の表情は見えない。ポタリと大粒の涙がテーブルの上に落ちる。父親は、誤魔化すようにそれをサッと手で拭う。哀しみの涙が、テーブルの表面に細長い筋をつくった。

「捜さなくていいですよね？」

僕は改めて聞いた。父親がゆっくりとした動きでうなずく。

「ご兄弟には、僕から話した方がいいでしょうか？」

しばらく、答えは返ってこなかった。

「いいえ、僕から話します」と父親が言う。

ほっとした、もし、おまえが引き受けたんだから、おまえから話せ、と言われたどうしようと、内心ビクビクしていたのだ。

それにしても、この人は子どもに、どんな風に話をするのだろうか。

僕は自分が話をするわけではないのに、頭のなかであれこれ、シミュレーションをし始めた。

本当のことを言う？　お父さんとお母さんは離婚したんだよ、お母さんは君たちを捨てて、男の人と逃げたんだ、だから、もう君たちには会えないんだよ、とか？　それは、小さな子どもには残酷すぎる。それとも、探偵さんがやっぱりできないって言いに来たよ、忙しいんだって、などと言うか？　とりあえず、その場しのぎにはよさそうだ。ちょっと、僕が悪者になる感じはするけれど。

「探偵さんには、僕から断った、と言います」

この男性は、善良な人のようだ。

「そもそも、彼女の居場所、分かっていますから、調べる必要ないんです」

「えっ？　どこにいるか知ってるんですか」

「はい、離婚届、やり取りしましたから」

なんだ、最初から僕が出る幕はなかったのか。

「そうですか……ところでお母さんはどちらに？」

「石巻です」

「石巻？」

「宮城県の北にある港町です」

へー、そんな町があるんだ、と僕は思った。

（六）

三月十一日金曜日、早朝。

いつものようにスマートフォンから目覚まし用の曲が流れる。いつものように母におはよう、と言い、いつものように、カリカリに焼いたトーストを食べ、いつものようにニュースサイトをチェックする。母は新宿で不動産会社の人に会うと言って、早々に家を出た。僕はというと、特にすることもなく、ネットサーフィンに興じる。

そうだ。まさみの入学祝いのことを忘れていた。昨日の夜、母から、あなたも何か贈り物、考えておきなさい、と言われていたのだ。

大学生　女子　入学祝い——検索。

ショッピングサイトの広告が表示される。名前入りのボールペン、アクセサリー、定期券入れ……。うーん、決められない。プレゼント選びとは、かくも難しいものなのか。一時間ほど、さまざまなサイトを覗いたが、諦めた。母に相談しよう。

蘇るあの衝撃的な告白。

私、妹を殺したの——。

寺本兄弟のことがあって、数日間は忘れていられたが、何もすることがなくなると、考えないわけにはいかなくなる。まさみは、幼い妹を手にかけた。まさみは言った、表には必ず裏がある、と。明るく天真爛漫な表の顔は、殺人犯としての恐ろしい裏の顔をカモフラージュするためのものだったのか。そのことを、——僕の母も含めて——周囲の人々はどこまで認識しているのだろうか。こればかりは、軽々しく母に尋ねることはできない。

昼食をとり、少しウトウトする。何もない時間が過ぎていく。

何もする気がしない。寺本兄弟の調査が尻つぼみに終わってしまったせいか、まさみに関する難しい問題から逃避したいという気持ちのせいか、原因は自分でもよく分からない。

コーヒーでも飲もうと思い、一階に降りる。ドリップにするか、インスタントにするか、迷ったあげく、インスタントコーヒーの容器を手に取る。わずかな手間を惜しむ自分に、自己嫌悪。

最近のインスタントは馬鹿にできないのだ、などと自分のものぐさを正当化してみる。ケトルで湯を沸かす。一人分の湯量なので、あっという間だ。カップに並々と湯を注ぐ。こぼさないように慎重に階段を登り、部屋に戻る。

時刻は、十四時四十六分。

そのときがやって来た。

デスクにコーヒーを置き、椅子に腰かけた瞬間のことだった。小刻みな揺れが、瞬く間に大きな揺れへと変わる。一瞬、何が起きたのか理解できなかった。家が波打っている。本棚から何冊かの本が落ちる。写真立てが倒れる。地震という単語が頭に浮かぶのに時間を要した。あれ、こんなときはどうすればいいんだっけ？　とにかく頭を守るために、机の下などに潜ること。そんな簡単なことにすら思い至らなかった。よっぽど気が動転していたのだろう。気づくと僕は、ガタガタと揺れるデスクを両手で押さえていた。このまま家が倒壊し、生き埋めになっている様子を想像する。

やがて、揺れは静かに収束していった。

しばらくの間、放心していた。どれくらい時間が経過したのか、よく分からなかった。時計を見る。時刻は十四時五十分。こんなに大きな揺れを経験したのは生まれてはじめてのことだった。

僕が真っ先に考えたのは、一九二三年に発生した関東大震災のことだった。ここ小田原でも大きな被害が出ている。市内を流れる白糸川で発生した山津波が根府川沿いの集落を襲い、多くの命を奪っている。岩泉寺の境内には、供養塔がある。僕はときおり、そこを訪れ、祈りをささげている。

浅はかな僕は、この時点で震源地が関東近郊であると思い込んでいた。

さっきマグカップに淹れたコーヒーが三分の一ほど無くなっていた。零《こぼ》れたコーヒーがデスクの表面に広がっており、愛読書『リーダーのお作法』がそれを吸って茶色く染まっていた。もう散々、読んだから捨てるかな。最近、開いてないし。

ティッシュでデスクを拭きとる。

「ウェットティッシュで二度拭きしたいな。ウェットティッシュはどこにあるんだっけ？」

ぶつぶつと独り言を言いながら、一階に下りる。

「洗面台のところだったっけ？　……あった、あった」

自室へ戻り、仕上げ拭き。

「これでよし」

それから僕は、家の点検を始めた。買ったばかりのテレビが無事か、気になって仕方がなかった。落ちた本や、倒れた写真立てをもとの状態に戻すと、再び一階に下りた。リビングに設置されていたテレビは幸いなことに無傷だった。サイドボードの上に置かれていた一輪挿しの細長い花瓶が、転落のせいで割れて床に転がっていた。大きな破片を拾い、ビニール袋に入れ、細かなものを掃除機で吸い取る。キッチンや浴室、脱衣所などもチェック。大きな異常はなかった。

一通りの巡回を終えたころ、スマートフォンが震えた。まさみからだった。

私、妹を殺したの——。

一瞬、出るのをためらってしまう。

「みつるくん、大丈夫?」

「うん、大丈夫だよ」

「何、のんきな声出してんの!　おばさんは?」

「出かけてる」

「どこ?」

「新宿」

「そうなの。小田急線止まってるよ。小田急だけじゃない。電車、みんな止まってる」

まさみの緊迫する声が耳に刺さった。

震源地は、東北の太平洋沖で、マグニチュードは九・〇、最大震度七の大地震だったという。

「津波の被害も出てるみたい」

世の中が大変なことになっていた。

テレビのことを心配していた自分が恥ずかしくなった。

（七）

無事ですか？

帰ってこられそうですか？


急ぎ、母に携帯メールを送った。無事を知らせる返信がすぐに届いた。ただし、鉄道が復旧する見込みはなく、いつ帰れるか分からないという返事だった。南新宿にある知り合いの家に避難するという。

メールには画像が一枚添付されていた。

甲州街道沿いの歩道が、徒歩で帰宅する人の列で埋まっていた。

すぐに追加のメールが来た。

〈食料をすぐに確保しなさい。早くしないと食べ物がお店からなくなるよ〉

物流が止まり、お店に品物が入らなくなる、と理解した。

僕はすぐにいつものコンビニに走った。しかし、時すでに遅し。弁当やおにぎり、パンなど、すぐに食べられるものは何も残っていなかった。菓子類のコーナーも、空の棚が目立つ。わずかに残っていたカップ麺を買う。人間社会とはかくも脆いものなのか。

店を出た。重たい足取りで家に戻る。帰路、そういえば、地震発生からまったくネットを覗いていないことに気づいた。すでに辺りは暗い。もうすぐ、漆黒の闇が一帯を包むだろう。冷たい風が吹く。葉ずれの音が寒々しい。

家に帰ると、すぐにネットを繋いだ。

なんだ、これは。

あまりの衝撃に茫然となる。

津波の動画が無数にアップされていた。大きな波が高台を超えて迫る。女性の悲鳴。津波は、玩具のように自動車を軽々と押し流していく。倒壊する住宅。逃げろー、逃げろー、と何度も叫ぶ男性の声。これらは現実に起きたことなのか。自然の猛威に、人々はただただ泣き叫ぶしかないのか。

僕は憑かれたように、津波の映像を観続けた。波濤《はとう》の下に多くの命が沈んでいると思うと、身震いが止まらない。それが恐怖によるものなのか、哀しみによるものなのか、日常からあまりにも大きく乖離した現実に、心の収拾がつかない。

どれくらいの時間、映像を観ていただろうか。家のなかは静まり返っていた。母がいない夜を最後に過ごしたのはいつのことだったか。静けさが僕を不安にさせる。その気持ちを誤魔化すために、再びネットにかじりついた。

これだけたくさんの動画がネットに溢れていて、しかも、その風景がそれぞれに異なっている。動画はいろいろな場所で撮影されたようだ。ある疑問が湧いた。津波は、どのくらいの地域に及んだのだろうか。早速、消防庁のサイトで確認する。

こんなに……。

北に土地勘はないが、リストを見るだけで、広い範囲で被害が出ていることが分かる。

岩手県では、田野畑村、宮古市、山田町、大槌町、釜石市、大船渡市、陸前高田市、盛岡市、そして、宮城県では、仙台市、気仙沼市、南三陸町、石巻市、女川町、東松島市、名取市、山元町。

石巻市――。

寺本兄弟の母親が住んでいる場所じゃないか。

結局、母は翌日十二日の午後に帰ってきた。後で知った話だが、小田急線は大津波警報が出ていた藤沢から片瀬江ノ島までの区間を除き、午前〇時には運転を再開していた。母は混雑を避けるため、知人宅で朝まで過ごし、電車に乗った。

母は僕の無事を確認すると、方々に電話をかけ始めた。

「もしもし、吉田さん！　無事でよかった。大丈夫？　……うん、……うん。よかった。ご家族は？……あゝ、そう。皆さん、無事なのね。息子さん、確か二歳でしたっけ？……、うん。何かできることがあったら、言ってね。ところで、物件のことだけど……。うん、それはありがたい。でも、ご家族のことが落ち着いてからでいいわよ。正直、建物のことなんて、どうでもいいのよ。心配なのは入居者の人たちのことよ。……、そうそう。だからね、家賃、とりあえず三か月免除しようかと思って。場合によっては、延長してもいいわ。もちろん、お宅への管理委託料は払わせてもらいます。……。いいの、いいの。困ったときはお互い様でしょ。また、電話します。ご家族を大事にね。じゃあ、失礼します」

母は仙台市内に物件を持っていた。築古アパートで、入居者の多くは年金暮らしのご老人や母子家庭なのだそうだ。母は、この入居者たちのことを心配していた。きっと、家賃が払えなくなる人たちが出てくる。だからといって、この状況で出ていけなんて、言えるわけがない、と。

電話の相手は、その物件の管理を委託している会社の営業担当だった。気のいい若者なのだそうだ。市内の自宅マンションに被害は出ていないという。ただし、広域で停電しており、物流がとまったせいで、生活に必要な物を確保できない状態らしい。自分は仕事があって、仙台を離れることができないが、妻と二歳の子どもは富山の実家に預けるつもりだという。

調べる。

宮城　停電――検索。

宮城県に電力を供給していた、女川原子力発電所や仙台火力発電所、新仙台火力発電所が、地震の影響で軒並み、稼働を停止していることが分かった。

そして、僕はこの後、更に衝撃的な映像を目の当たりにすることになる。

（八）

地震の翌日十二日の午後三時半を少し過ぎた頃、福島第一原発で爆発音とともに、上空に向かって白煙が噴出した。メルトダウンを起こした原子炉が水素爆発を起こしたのだ。想定を超える高さの津波が、原発を襲い冷却設備を破壊した結果によるものだった。

　そのときの様子を捉えたニュース映像を、僕はネットで観た。原子力の安全神話を、僕は純粋に信じていた。僕だけではないだろう。日本中の誰もが原子力発電所で事故が起こるなど想像もしていなかったはずだ。旧ソビエト連邦の構成国であるウクライナにあるチェルノブイリ（チョルノービリ）原子力発電所で甚大な事故が発生したのは一九八六年。僕が生まれる五年も前の出来事だ。僕がチェルノブイリ（チョルノービリ）の名前をはじめて聞いたのは、優子先生からだった。中学の歴史の教科書を開いているときのことだったと思う。そういえば、こんなことがあったのよ、という前置きで始まった話は、事の重大さほどに深刻なものではなかった。優子先生にしても、遠い国の遠い出来事だったのだろう。それと同じようなことが、この国で起こるなんて。

　僕はその後も、地震に関する情報を貪るように集め、刻々とアップされる動画を観続けた。

　ネットの世界に入り浸る僕を現実の世界に引き戻してくれたのは、寺本兄弟の父親から届いたメールだった。津波が石巻を襲ったことを知り、携帯メールを送っていた。

　ご心配ですね――。

　たったそれだけ。それ以上の言葉を紡ぐことはできなかった。なんと気が利かないメールだろう。

　父親からの返事は次のような内容だった。

心配です。

生きていてほしい。

未練はないと言いましたが、やっぱり今でも愛しているのかもしれません。

復縁は望みません。

でも一目、元気な姿が見たい。

子どもたちにも会わせてやりたい。


返事を送ろうと思ったが、何を言えばいいか分からない。スマートフォンを片手にどれくらいの時間、逡巡を繰り返しただろう。結局、何もせずメールソフトを閉じた。


夜半、町村えみさんから電話があった。

「今、大丈夫？　迷惑じゃない？」

えみさんはいつも通りの控えめ口調で話し始めた。

「宮城くんのことなんだけど……。みつるくんにも報告した方がいいと思って」

そういえば、えみさんの彼氏――すでに元カレかもしれない――も、今は仙台にいるはずだ。

「宮城くんから連絡があったの。BENTEN はたぶん死んだって」

詐欺集団の親玉、BENTENが死んだ。えみさんは天罰よ、と吐き捨てるように言った。受け子と出かけていたBENTENは建物の倒壊に巻き込まれたのだそうだ。受け子は、自力で脱出し、アジトに戻ってきた。BENTENは息をしているようには見えなかったという。受け子は、助けを呼ぶことはせず、その場を離れた。

「その受け子さんとBENTENは、一人暮らしのおばあちゃんからキャッシュカードを受け取りに行った帰りだったの。暗証番号も聞き出していて、銀行にお金を引き出しに行く途中だった。宮城くんは、受け子さんからカードを預かった」

まさか、そのカードを使って、お金を……

「宮城くんは、仙台に移動した後もずっとかけ子で、そのおばあちゃんの家に電話したのも宮城くんだったの。だから、返しに行ったんだって。おばあちゃんに土下座して謝ったって。そしたら、そのおばあちゃん、宮城くんの手をとって、ありがとう、ありがとう、って何度も言ったって。宮城くんも、ごめんなさい、ごめんなさい、って何度も言って、二人で手を取り合って、泣いたらしい」

ここまでの経緯を統合するに、宮城という男性は至って単純なタイプらしい。

「おばあちゃんの家も、地震で大変なことになっていて、泊まり込みで掃除したり、壊れたところを直したりしているんだって。地域には困っているご老人も多くて、あっちこっち走り回っているらしい」

えみさんは最後に言った。

一段落したら、自首するって、と。

うん、それがいい。

電話を切った僕は、再びＰＣの画面に向き直った。ブログサイト『ひきこもり通信』の管理者ページにログインする。深い理由はなかった。しばらく放置していたので、ちょっと気になった。その程度の動機だった。

メッセージの着信を知らせる赤いポップアップに気づく。何だろう？

メッセージの確認画面を開く。

そこには、被災者の悲痛な声が書き込まれていた。

（九）

岩手県釜石市に住む谷口と申します。

ニュースなどでご存知かもしれませんが、私たち家族が住む町を津波が襲いました。

私は、高台にある避難所に向かい難を逃れました。
地震が来たとき、妻と小学一年生の娘は自宅にいました。
何かあれば、この避難所で会おうと、家族で申し合わせていました。
どんなことが起きても生きて会おうと。
地域の小学生、中学生の多くがここに避難してきました。
でも妻と娘を見つけることはできませんでした。
私の家は津波に呑まれました。
でも家なんてどうでもいいのです。
代わりを用意することができますから。
家族はそうはいきません。
かけがえのない家族に替えなどありません。
会いたいです。
二人に会いたい。
妻の暖かい手を握りたい。
愛おしいわが子を抱きしめたい。
お願いです、捜してください。

愛する家族をどうか捜してください。

ＰＣの画面が涙で滲んだ。

僕は涙の意味を考えた。岩泉寺にある供養塔の話を聞いたときのことを思い出した。一九二三年の関東大震災によって引き起こされた土砂災害で、ここ小田原の地で三百人の命が失われた。

「これはね、そのときに亡くなった人たちを弔うために建てられたもの。この世に未練を残して亡くなった人たちはたくさんいたはず。そうした人たちを慰め、静かに天国に旅立ってもらうために、私たちは手を合わせるのよ」

優子先生の話を聞きながら、僕は泣いた。

あのときの涙と、今流れ落ちた涙は、きっと同じものだ。

少し気分が落ち着くと、小さな炎が心の片隅にあることに気づいた。それは次第に勢いを増してくる。心の隅々にまで広がったとき、僕はそれが怒りであると分かった。理不尽なものへの怒り。人治が及ばないものへの怒り。僕はこの谷口という人を知らない。しかし、きっと家族を愛する善良な市民なのだろう。そんな者になぜこのような仕打ちが必要なのか。大きくなった炎を静める手立ては何もなかった。

僕はすぐに返事を返した。

分かりました。

捜します。

後日、詳しいことを教えてください。

　またご連絡します。


　ＰＣを一旦閉じると、僕は母がいる一階に駆け下りた。

　母もまた、リビングでモバイルＰＣを開いていた。

「母さん」

　こちらを向いた母の顔が強張ったように見えた。

「何？　そんな怖い顔して」

「僕さあ……」

「うん、何？」

「東北に行こうかと思う」　母はしばらく黙った。僕の顔をじっと見る。

「分かった。行ってらっしゃい。でもどうやって？　新幹線、動いてないわよ」

「車かな？」

「誰が運転するの？　あなた、免許持ってないでしょ」

　勢いで言ってみたものの、やっぱり無理か。

「ところで何しに行くの？」

「人捜し。たぶん困ってる人がいっぱいいると思って。今までの人捜しと違って、現地に行かないとどうにもならない気がしたから」

　母は何も言わない。

「怒ってるの？　呆れてる？」

　母はにっこりと笑った。

「怒ってないわよ。呆れてもいない。むしろ、その逆。嬉しいわ。あなたが、立派に育ってくれて嬉しい」

「立派？　僕、ニートだけど」

「そうね。でもいいんじゃない。人の人生はまっすぐに進んでいくものじゃない。回り道をしたり、何かにぶつかったり。だから、焦らなくていいの。あなたはあなたの想う通りに行動しなさい」

　母の目には涙が溜まっていた。

「あなたは私の自慢の息子よ。誇りよ。向こうにいったら、一人でも多くの人を助けてきなさい」

　よし、行こう、東北に。何としてでも。

（十）

まさみとえみさんが訪ねて来たのは翌日のことだった。東北行きのことを話したら、同行して手伝うと言ってくれたのだ。

「二人とも大丈夫なの？　いつ帰ってこられるか分からないよ」

「私は、入学式までに帰って来られればいい」とまさみ。

「私は、ずっと平気」とえみさんが言う。

ずっと？

「私、採用取り消しになっちゃったの」

僕とまさみは二人揃って目を丸くした。

まさみが尋ねた。

「どういうこと？」

「内定もらってた会社、自動車部品メーカーなんだけど岩手に工場を持っててね、復旧の目途が立ってないんだって。しばらくは製品の出荷もできず、新卒を受け入れる余裕はないって言われちゃった」

やるせない話であるはずだが、えみさんの表情は至って明るい。この人はきっと、未来を悲観していないのだ。

「えみなら、大丈夫よ」

「うん、大丈夫」

何が大丈夫なのかよく分からないが、たぶん大丈夫なのだろう。

「それにしてもどうやって、向こうに行こうか?」とまさみ。「運転してもいいけど、私の車、軽自動車だから、狭いし、荷物もたくさんは載らないからなあ。あと泊まるところも確保しないとね」

僕は下を向いていた。ねえ、みつるくん、というまさみからの問いかけにも、下を向いたままの姿勢で、うん、と答えた。まさみの顔を正視できない。あの告白のせいだ。

私、妹を殺したの——。

まさみの声が、こころのなかで響く。

「イルマンさんが、手配してくれたから、大丈夫」

僕は昨日、東北行きを決意すると、すぐにそのことを『ひきこもり通信』に書いた。ひきこもりが、人捜しのために東北に行って参ります、と。その書き込みに対し、たくさんの激励が寄せられた。そのなかに、イルマンさんからの連絡もあった。

件名：宿泊場所の確保について
To：ひきこもり探偵 様
From：ムハマド・イルマン
ご無沙汰しています。お元気ですか？
その節は大変お世話になりました。
東北に行かれると聞き、何かお手伝いできないものかと考えました。
仙台市内に私の会社が運営しているホテルがあります。
しばらくは観光客も、ビジネス客も来ませんので、部屋が空いています。
無料で使えるよう手配しました。
ご婦人二名がご一緒ということでしたので、二部屋を押さえました。
部屋にはwifiが飛んでいますので、思う存分使ってください。
それでは健闘を祈っております。

そんなありがたい、申し出だった。

メールでお礼をするだけでは失礼かと思い、電話をかけた。丁重なお礼の後、気になっていたことを聞いてみた。

「菱本さんの件は、その後どうなさったのですか？」

「会社に報告をし、処分を要求するつもりでしたが止めました。自分に非があるとは思っていませんが、友好的な関係を築ける余地はまだ残されているのではないかと思ったからです。明るく挨拶をすることから始めました。先日は少しだけですけど、プライベートな話ができました。人を変えたければ、自分が変わらなければ」

やはり、イルマンさんは正しい考え方のできる人だった。

その後、三人は向こうでの行動計画について話し合ってみたが、これといった結論を出すことができなかった。結局のところ、行ってみないと何とも言えない、ということで落ち着いた。

「充電器も用意しておいた方がいいかな？」

「非常食は？」

「着替えは何日分必要かな？」

「そもそも、洗濯できるの？」

考えれば考えるほど、疑問が湧いて出る。

三人が頭を抱えていると、複数の車が家の前に止まる音がした。時刻は午後六時。母の仕事関係の人が、わが家を訪れることがあるが、こんな時間に来訪してくることはない。

母の大きな声が聞こえてきた。

「みつる、下に降りてきなさい。まさみちゃんたちも」

何だろう？

僕たちは首を傾《かし》げながら、部屋を出た。

（十一）

母は玄関に立ち、外を指差していた。

「明智さんが来てくれたわよ」

「明智さん？　なんで？」

「いいから」

母は三人に表に出るよう促した。

玄関を出ると、そこには明智さんと見知らぬ男性が立っていた。そして、自動車が二台。一台は明智さんお気に入りの三菱パジェロ。もう一台は白いトヨタ・セルシオだった。

「よう、坊主。被災地に行くんだってな。手土産持ってきたぞ」

「手土産？　なんですか？」

「これだ」

明智さんは、パジェロのボンネットをぽんと叩いた。

僕は、今一つ意味が呑み込めなかった。

「どういうことですか？」

「電車が動いてねえんだから、車で行くしかねえだろう。しかも、被災地だぞ。どんな悪路か分からねえ。四輪駆動車がいいに決まってるだろうよ。だからよ、こいつは置いてく。持ってけ。坊主には借りがあるからな。借りは返すっていっただろ」

うーん、そんな会話をしたようなしていないような。

今日はそっちで帰る、と明智さんはセルシオの方を顎でしゃくった。

なるほど、セルシオも明智さんの物で、二台をここに運んでくるために、そこの見知らぬ男性は駆り出されたということか。きっとこの人も明智さんに振り回されているに違いない。ご愁傷様。

僕は、まさみの方を見た。運転するのは、僕じゃない。

「私が運転するんですけど。こんな大きな車、大丈夫かなあ」

「ははは、そうか、お姉ちゃんが運転すんのか。気にすんな。ぶっ壊してもいいぞ。捨てたと思って置いてく。好きに使え」

僕は、このおじさんのことが大好きになった。

僕はその日の夜、寺本兄弟の父親に短いメールを送った。

件名：石巻市にいらっしゃるお母様について
To：寺本 様
From：ひきこもり探偵
仙台に行くことになりました。
明日出発します。
お母様の安否を確認し、お知らせします。

送信ボタンをクリックする手が止まった。

お母様の安否――

あまりにも現実的な言葉だ。厳しい現実だ。事実は確かにそうなのだが、今は未来に希望を託したい。『お母様の安否』を『お母様の無事』に打ち換えて、送信した。

出発の朝、緊張で明け方に目が覚めてしまった。目覚ましが鳴るまで、身体の反転を繰り返す。こんな緊張は生まれてはじめてかもしれない。

目覚ましが鳴ると同時に飛び起き、一階へ。出発の前に絶対に解決しておかなければいけない問題があるのだ。一階に下り、食事の支度をしている母に問う。

「ねえ、母さん、まさみちゃんの妹はどうして死んだの？」

「どうして、そんなこと聞くの？」

母は作業の手を止めず、こちらを見ようともしない。

僕はストレートに聞くことにした。

「まさみちゃんが、妹を殺した、って言ってた」

野菜を刻む手の動きが止まる。

「そう。まさみちゃん、そんなこと言ったんだ。普段は明るく振る舞ってるけど、まだ気にしていたのね」

僕は母の言葉を待った。

「聞きたい？」

「うん、聞きたい」

「そう、じゃあ、話すわね。

「あれは、まだあなたたちが四歳の頃だった。まさみちゃんの家には大きな池があったの。姉妹は、その池の周りでよく遊んでいた。まさみちゃんは妹想いの優しいお姉さんだったから、妹が池に落ちたりしないように、いつも気をつけてた。まさみちゃんはしっかりしていたから、大人たちは安心していた。まさみちゃんが一緒なら大丈夫ってね。でもね、寒い冬のある日、起きてしまったの」

僕は唾をごくりと呑み込む。

「まさみちゃんが、妹が大事にしている熊の縫いぐるみを、池の縁石の隙間に隠した。もちろん悪意なんてなかった。ただのいたずら心。妹が宝物を探すため、池から少し離れた場所を、うろうろしていた。その隙に、まさみちゃんは我慢しきれずに、トイレに向かった。その間、わずか数分。でも、まさみちゃんが戻ったとき、妹の姿はなかった。驚いたまさみちゃんは、お父さんとお母さんを呼びに行った。それからほどなくして、お母さんが池に浮いているわが子を見つけた。熊の縫いぐるみを抱えていたそうよ。死因は水死。縫いぐるみを見つけた際に、足を滑らせたかなにかで池に落ちたんでしょう。池の深さは五、六十センチほどだったらしいけど、二歳の子どもが溺れるには十分な深さだと、警察の人が言っていた」

僕は尋ねた。

「それ。本当なんだよね」

「あたりまえでしょ。まさみちゃんが、妹を殺すはずなんてない」

母はそう断言した。

「お母さんは、まさみちゃんを責めた。あなたがちゃんと見てなかったから、あなたがいたずらなんかするから、ってね。まさみちゃんはとても責任感のある子だったから、堪えたと思う。あの親子の関係はそれからずっと、ぎこちないまま。そして、彼女は、全然笑わない子になった。それまでは明るくて、気さくな子だったから、友だちもたくさんいたけど、陰に籠るまさみちゃんから、一人、二人と友だちが離れていった。最後まで彼女の元を離れなかったのがあなただった」

そうだったのか。

（十二）

まさみの言葉を思い出す。

表には必ず裏がある――

自らの過失で妹が命を落とした。彼女の裏の顔。それは、重荷を背負ってしまった姉のものだった。

皆、裏の顔を持って生きている。僕はどうだろう？　自分に裏の顔がない。それはおかしなことなのか、それとも大切な個性なのか。僕にはまだよく分からない。

そういえば、母も裏の顔があると言っていた。そのことは出発の朝に判明した。朝食の時間。いつも通り、カリカリに焼いたトーストをかじる。明日から当分の間、こんな静かな食事はお預けなのかもしれない、などとぼんやり考えていたときのことふと、大切なことを忘れているのに気づいた。

「あっ、ネットの友人に仙台行きのことを報告するのを忘れてた」

母がニヤッと笑う。なんだ、その不気味な笑顔は？

「ネッ友さんね」

「えっ？　なんで知っているの？」

母がネッ友さんのことを知るわけはない。母にはネッ友さんのことを話したことは一度もないはずだ。

「あれ、私だから」

「えっ？　どういうこと？」

「ネッ友の正体はわ・た・し」

ええええ！

「……ということは……、いろいろ知ってるってこと？」

母はうなずいた。

「先週、水たまりで転んで、全身ドロドロになったこととか？」

「知ってる」

「AKB48の写真集、買っちゃったこととか？」

「知っている」

「その写真集の着払いのときに、母さんの財布から千円くすねたこととか？」

「知っている」

あー、何ということだ。卒倒しそうだ。

「私は楽しかったわよ。あなたが外の世界に少しずつ心を開いていくのがよく分かったから。

「優子先生にお願いしてホームスクーリングを始めたとき、あなたは勉強が好きになって、どんどんいろいろなことを吸収していった。こんな難しい言葉、知っているんだとか、こんなことも理解しているんだ、とか日々、発見するのがあの頃の楽しみだった。この数か月、あのときのようなワクワクした毎日を過ごさせてもらったわ」

　恥ずかしいやら、嬉しいやら、何とも複雑な気分である。

「そう、前から言おうと思ってたことがあるの。あのね、あなたは自閉症。もうそれは仕方がないこと。世の中では、あなたたちは弱者と呼ばれている。でも、自分を卑下する必要はない。今、メンタルを壊している人が増えてるの。社会に出るとストレスの種がたくさんあるからね。お勤めの人なんかだと、強圧的な上司や性格の悪い同僚との人間関係とか、仕事の重圧とか。でも、あなたにはそんな心配はいらない」

「ひきこもりだから？」

「違う。他人の感情に鈍感だからよ。あなたは人の気持ちに気づけないことに、劣等感を覚えているようだけど、もうそんなことは気にしない、って割り切ったら、とても楽に生きていけるはずよ。人間関係でメンタルを壊すこともない。

「あなたたちのような人間は、神様が創り出した新しい人類ではないかと思うときがある。社会がこんなにも複雑になって、生きていくのが大変になって、皆が苦しんでいる。だから、そんなことを気にせず、生きていけるようにってね」

　最後に母は言った。

「ハンディキャップを強みに変えなさい。仙台の地で、あなたの新しい生き方が見つかることを祈っています」と。

僕は思った、この人の子どもでよかった、と。

まさみが父親の車でやって来たのは、朝食を終えてすぐのことだった。えみさんも一緒だった。予定より三十分も早い。

「みつるくん、ご無沙汰してました。その節は、娘がお世話になりました」

横でまさみがにっこりと笑っている。この屈託のない笑顔の裏側には、過去の出来事に苦悩する女性の姿がある。僕はこの人の手を握ってあげたくなった。あのときの記憶――。沈みゆく夕日を眺めながら、幼い僕は彼女の手を取った。あのときも同じ気持ちだったのだろうか。

「なんで、そんなに見つめるの？　恥ずかしいでしょ」とまさみがおどけたように言う。

「ごめん、ごめん」と僕。

本当は、まさみとえみさんが到着する前に済ませておきたいことがあった。

「ごめん、ちょっと行ってくる。すぐ帰ってくるから」

僕は走り始めた。

全力疾走。

向かうは岩泉寺だ。

出発の前に、供養塔に詣でる。仙台行きを決めたときから考えていたことだ。ここ小田原の地で命を落とした人々に僕の決意を聞いてほしかった。もちろん、そこに眠る魂を僕は誰一人として知らない。それでも、この人たちは僕を守ってくれる。そう感じた。

朝から強い北風が吹いていた。

向かい風だ。冷たい風が僕の身体を押し返そうとしている。

「あーーーーー」

僕は大きな声を上げながら、走った。足に力を込める。

こんな風に負けてたまるか！

ひきこもり探偵

2024年11月26日　初版第1刷発行
著　者　堂本トランボ
発行所　株式会社牧歌舎
〒664-0858　兵庫県伊丹市西台1-6-13 伊丹コアビル3F
TEL.072-785-7240　FAX.072-785-7340
http://bokkasha.com　代表者：竹林哲己
発売元　株式会社星雲社（共同出版社・流通責任出版社）
〒112-0005　東京都文京区水道1-3-30
TEL.03-3868-3275　FAX.03-3868-6588
印刷製本　冊子印刷社（有限会社アイシー製本印刷）

ISBN978-4-434-34694-1　C0093